Библиотека
Белгородски

Валерий Зеленогорский

В лесу было накурено

ЭКСМО

Москва
2012

УДК 82-3
ББК 84(2Рос-Рус)6-4
3-48

Оформление *Сергея Груздева*

Зеленогорский В. В.

3-48   В лесу было накурено : рассказы / Валерий Зеленогорский. — М. : Эксмо, 2012. — 288 с.

ISBN 978-5-699-57969-3

«В лесу было накурено» — не просто книга невероятно смешных и в то же время мудрых баек «за жизнь», но малая энциклопедия современности. Уникальная авторская философия — сплав цинизма и гедонизма — поднимает настроение и помогает выжить в трудных ситуациях. Улыбнуться своим слабостям и неудачам, не относиться к себе слишком серьезно и жить легко и со вкусом. «Я не искал героя своего времени, мои персонажи вовсе не герои, они не совершали подвигов, не получали наград и не претендуют на то, чтобы вести народы в будущее. Они просто жили или живут среди нас, их подвиг — встать утром на работу, накормить детей и не сказать близкому то, чего говорить не следует».

УДК 82-3
ББК 84(2Рос-Рус)6-4

© Зеленогорский В.В., 2012
© Оформление.
ООО «Издательство «Эксмо»,
2012

ISBN 978-5-699-57969-3

*Автор выражает благодарность
Светлане и Константину Николаевым
за бескорыстную помощь и поддержку.*

Кое-что в защиту лузеров

Моя взрослая жизнь совпала со временем, когда модно было читать. Сегодня модно считать.

Считают все. У кого есть, считают свои, кому не повезло — чужие.

Альтернатива этому есть: можно писать и читать самому, можно заставить читать жену, сложнее детей, но и один читатель — это уже много.

Я собрал под одной обложкой два эпизода, которые, как кассетные бомбы, разорвались в моей голове и разлетелись осколками историй из разных жизней, времен и дат.

Валерий Зеленогорский

Я не искал героя своего времени, мои персонажи вовсе не герои, они не совершали подвигов, не получали наград и не претендуют на то, чтобы вести народы в будущее.

Они просто жили или живут среди нас, их подвиг — встать утром на работу, накормить детей и не сказать близкому то, чего говорить не следует.

В их поступках много эмоционального, не взвешенного на прагматических весах. Наверное, их не ждет строчка в «Форбсе» и замок под Версалем, но им и в Митино хорошо, и яхта, которая им снится, — из книжки А. Грина, а не из журнала «Роб Репорт».

Эпизод I

Секс в небольшом городе

Я окончил школу, когда еще не было дезодорантов, никто не брил подмышек и ног и причинное место женщин представляло дикорастущую кущу по фасону «пудель». Слово «эпиляция», как и «менструация», было неприличным.

Женщины носили белье двух фасонов: панталоны летние до колена и панталоны зимние на байке, фасон — за колено. Люди мылись в полный рост раз в неделю. Одеколон «Шипр» был три в одном: парфюм, дезодорант и освежитель рта.

Желания были острыми и требовали конкретной реализации. «Камасутры» не было,

Валерий Зеленогорский

поэтому основными источниками были воспаленное сознание, наскальные рисунки и надписи в туалете и рукописное сочинение «Баня», приписываемое одному из Толстых. Это были три кита, на которых стоял мир вожделений.

Мне было семнадцать лет, анатомию я изучал в раздевалке спортивного зала контактно и бесконтактно. Небольшой опыт слияния с женским полом был, но до главного не доходило по разным причинам. Для этого было необходимо три компонента: что? где? когда?

По первому вопросу ситуация была более-менее ясна. Ответ абсолютно однозначен — всех!

Где? Это была проблема из проблем! Дома нельзя, в подъезде неудобно и холодно, на природе — очень мало солнечных дней, и вообще климат в России не располагает.

По третьему вопросу ответ неоднозначен: утром — учеба, днем — рано, вече-

В лесу было накурено

ром — им надо домой. Вот такой фон, на котором происходит история моего грехопадения. Поступив в институт, где в основном были девушки, я предполагал, что вопрос будет решен по закону перехода количества в качество. Для нормальной жизни в институте необходимо было избежать посещения урока физкультуры и поездки на картошку. Для этого было приобретено удостоверение кандидата в мастера спорта по настольному теннису. Выбор вида был определен однозначно. Данный вид спорта был мне доступен. Через месяц после начала учебы меня вызвали на спорткафедру и объявили о республиканском соревновании клуба «Буревестник». Учитывая, что я по рейтингу был в команде суперпервый (у меня было удостоверение), я понял, что за все в этой жизни надо платить и позор, который меня ожидал, был неминуем.

Мне выдали спортивный костюм и вьетнамскую ракетку, и мы поехали. В столице

Валерий Зеленогорский

братских славянских государств в новейшей истории нас поселили в общежитие иняза и дали талоны на питание в кафе «Березка» в центре города. Описать его сейчас мне трудно — это было как сегодня «Vogue-cafe». Там собирались девушки из иняза и юноши из элитных вузов. Я тогда не пил ничего, а стакан вина «Монастырская изба» делал из меня Мела Гибсона за 7—8 минут. В то время в ресторанах и кафе сидеть одному или парочке за отдельным столом было невозможно. Столы набивались незнакомыми людьми. Мне выпал такой расклад, что я сидел с парой дебилов-командированных и молодым человеком, который представился сотрудником Института технической эстетики. Через минут пять он стал моим гуру, Моисеем, и мы выпили бутылку вина. Он спросил меня, хочу ли я познакомиться с местными куртизанками. Я бодро сказал, что не против, но опыта у меня немного, то есть никакого. Знакомство с таким социальным явлением, как прости-

В лесу было накурено

туция, было на уровне «Ямы» Куприна. Но нужно было начинать и вступить в мир порока и неуемных страстей. Территориально зона греха и порока располагалась в сквере рядом с ЦК партии. Мой новый друг вел меня на сексуальную голгофу.

В то время никто не знал 90—60—90 и вкусы были разношерстными. Мне нравился вариант среднерусская низкосрущая, формы пышные, жопа стульчиком.

В первом приближении объекты соответствовали, это был стандартный набор — черненькая и беленькая, одна симпатичная, вторая по контрасту и, как правило, более доступная.

Знакомство было стремительным и в жестком контакте. Через минуту черненькая сидела на коленях у моего гуру, мне досталась бледная тень и наперсница звезды. Довольствуясь малым, я искал преимущества менее качественного объекта, где главным была доступность.

Валерий Зеленогорский

После предварительного маркетинга стало ясно, что сегодня нам ничего не обломится, это была стандартная ситуация — «не сразу». Денежный эквивалент отсутствовал по определению, главенствовал натуральный обмен. Было принято решение на следующий день выехать за город в зону отдыха. Эта тема требует пояснения. Отсутствие мест соития в принципе требовало от участников нескончаемой изобретательности. Мой гуру знал, что в данной зоне отдыха был создан палаточный городок, где за один рубль можно было получить палатку с тюфяком и постельным бельем и, что характерно, паспорт не спрашивали. Я до сих пор не понимаю, как это могло быть! Есть подозрение, что это была тайная программа по изучению межвидовых отношений в среде комсомольцев. С утра, прикупив вина и какой-то еды, мы ждали на вокзале своих наложниц. Я заметно волновался. Определив логистику, я был в состоянии Матросова перед падением на амбразуру. При свете дня моя избранница оказалась еще хуже, но коней на переправе не меняют. Приехав на место, получив палатку и серое белье, я пошел в психическую атаку.

Вина я не пил, организм в ту пору не принимал алкоголь на генетическом уровне. Опыт употребления был негативным.

Первый серьезный удар я получил в 16 лет. В десятом классе у меня был роман с приличной девушкой. Отношения были серьезными, и все шло по нарастающей. Секса в полном объеме не было. У девушки была бабушка, которую каждое утро водитель выносил во двор на свежий воздух. Но когда я с девушкой возвращался домой для постельных упражнений и слышал шаги бабушки на лестнице, они звучали в моей голове как шаги Командора в известной трагедии. Желание пропадало, а я размышлял, какая сила могла поднять бабушку для сохранения девственности тела внучки. В один из дней девушка

Валерий Зеленогорский

хотела представить меня своим друзьям из элитного класса. Я был младше их на год и ни разу не носил костюма — его у меня просто не было. За три дня мне перелицевали костюм брата. К сожалению, портной был не Gucci, костюм на мне не сидел, а лежал.

Когда я пришел на свой первый бал, девушка нервничала, ожидая меня.

Один юноша, видимо, потенциальный соперник, решил меня вывести из строя и налил мне стакан водки до края. Я понял, что это тест на вшивость. Я ставил на эту ночь очень многое и решил, что надо выпить. Свои ощущения передать не могу, но в результате острого токсикоза я начал блевать на гостей сразу, не успев сесть на свое место. Харч летел из меня вне законов физики, то есть во все стороны. Проведя свою ковровую бомбардировку, я проснулся в кухне в одних трусах. Бедная девушка с отвращением жалела меня и плакала. Крепость я не взял, но понял, что спиртное и секс не идут рядом, а лежат.

В лесу было накурено

Возвращаясь к истории данной темы, мы расположились в прибрежных кустах на пикник. Помня о прошлом, я выпил сухого вина и продолжал борьбу за трусы, девушка была обучена этой игре неплохо, она довела меня, а потом утешила, но благосклонность свою дозировала очень грамотно.

Мой гуру, как человек дела, уже сходил в кусты на первую ходку и плотоядно оглаживал свою дичь, как хозяин. Я же бился, как лось. Кровь шумела в голове, яйца звенели, как колокола.

Дело было к вечеру, и впереди был решающий тайм в палатке. Ночью игра шла с переменным успехом. Девушка надела спортивный костюм, а треники затянула поясом и какой-то веревкой, разрезать которую можно было, лишь только расчленив ее. Зато сверху плацдарм был взят бесповоротно. Сколько угодно, но до полной победы было далеко. Взят был только Киев, и до Берлина был долгий путь.

Валерий Зеленогорский

В электричке наутро я спал как убитый, без сил и надежд. Нужно было отдохнуть и поднакопить силы. Вернувшись в общежитие, я исследовал расположение объектов и нашел комнату, пригодную для низких целей, подготовил ложе любви. Я пошел на свидание с Телом. Тело спокойно приняло приглашение продолжить банкет, проникло со мной в общежитие, где было все готово для победы. В течение часа буднично и споро я получил все, что хотел, не заметив качественного перехода в новый мир — большое видится на расстоянии!

Соревнования еще не начинались. Я еще раз, уже на свежем воздухе, утвердил себя. На третий день в душевой я почувствовал некоторое жжение в причинном месте. Не придав особого значения этому явлению, я продолжал жить настоящим мужчиной. На следующее утро я очнулся с ощущением, что трусы и член составляли единое целое. Трусы стояли, как щит у викинга. Отклеить их от

В лесу было накурено

себя было невозможно. Казалось, что кто-то выдавил в трусы тюбик клея «Момент». В душе я провел обследование, мой диагноз был быстрым. Это триппер — медицинское просвещение взяло свое. Поколебавшись, я понял, что надо идти сдаваться в кожвендиспансер. Страха не было, но я понял, что «так дальше жить нельзя». Найти заведение оказалось просто.

Замечу, что в то время родильные дома, диспансеры и почти все медицинские заведения носили имя Н.К. Крупской. Я долго думал об этом феномене и понял, что это месть Сталина Ленину по политическим мотивам.

При первичном осмотре, даже не делая никаких анализов, милая докторша сказала, что мой диагноз верен. Для лечения необходим источник, то есть моя наперсница. Если ее не будет, здесь лечить меня не будут. Ее нужно найти и обезвредить. Кроме ее имени и смутного упоминания, где она работает, я не располагал больше никакой информацией. Я вспомнил фильм «Семнадцать мгновений весны», когда Штирлиц в подвале гестапо придумывал версию для Мюллера. Ему грозила смерть, а мне бесчестье.

Я реконструировал события последних дней и выловил из больного мозга, что девушка работала. После некоторого маркетинга было два варианта: завод телевизоров и завод электронно-вычислительных машин. Там работало около 20 тысяч человек на каждом, и задача моя была непростой. На следующее утро с зудящим членом я встал на вахту у проходной завода. Смену за сменой я пропускал через себя трудовой потенциал столицы. Ближе к ночи я вычленил из толпы свою пассию. Она была приятно удивлена моей рожей. Шел дождь, мы шли рядом. Она, как светский человек, заговорила о погоде: с неба капает — сказала она.

Я поддержал тему и сообщил, что у меня капает тоже. Она удивилась, но не сильно,

В лесу было накурено

заявив, что у нее ничего нет. Это меня не убедило, и я попросил ее прийти к Крупской на освидетельствование. Она пришла, доктор забрал ее, и позже ее посадили в стационар на принудительное лечение. Меня начали лечить, и доктор показала мне схему. Внутри схемы в кружочке была написана фамилия моей девушки, и в разные стороны убегали стрелки, как на плане Генштаба при окружении Берлина. Каждая стрелка обозначала пораженный член.

После первых уколов мне стало лучше; с соревнований меня сняли за неявку, проб на допинг тогда еще не было. Так я не стал олимпийским чемпионом, так как похоть победила дух. Возвращаясь домой, я решил навестить свою девицу, купив букет.

Бабушка на вахте, принимая от меня букет, сказала, что она здесь уже сорок лет и видела разных посетителей. Одни приходили с молотком, другие — с топором, но с цветами она видит впервые. Когда цветы передали, моя ласточка крикнула, что, когда я выздоровлю, могу продолжать.

До встречи, моя голубка!

Занимаясь этим уже второе тысячелетие, к слову сказать (девушки, за которыми я ухаживал, уже начали умирать), пережив революцию от панталон до танга, стрингов и килотов, я утверждаю, что все у нас будет хорошо.

Хор мальчиков

Была оттепель. Мне двенадцать лет. Мой друг, который посещает во Дворце пионеров хоровую студию, сказал мне, что осенью они поедут в Ригу на смотр. Я в хоре петь не хотел, а в Ригу ехать хотел. В то время Рига была для меня круче Куршавеля. К двенадцати годам я нигде не был, а на поезде не ездил дальше пионерского лагеря. Пришлось записаться в хор в группу баритонов. Мне дали белую рубашку для выступлений. Репертуар

В лесу было накурено

был патриотично-лиричным. Из соображений политкорректности была подготовлена идеологически не выдержанная песня «Аве Мария». Руководила хором женщина с яркой дирижерской манерой и внешностью Элизабет Тейлор. Она парила и производила впечатление человека, который «по-большому не ходит». Она мне понравилась, но я был осторожен в своих чувствах, имея предыдущий опыт влюбленности.

Летом в пионерском лагере я влюбился в свою пионервожатую. Она со мной была мила. Однажды, прогуливаясь, я увидел, как она трахается с физруком, и перенес большое горе.

Начались выступления в разных местах. В хоре были солисты. Это была элита. Их холили и лелеяли — они капризничали, мы же (хор) были черной костью, на нас орали. Я был нечестолюбив и хотел в Ригу.

Однажды нас пригласили на отчетный концерт в колхоз-миллионер, где председателем был Герой Социалистического Труда, еврей.

Валерий Зеленогорский

У него кормился весь областной генералитет. Клуб был небольшой, и там было жарко натоплено.

Мы с ходу пошли на сцену. Выглядело это нарядно: белые рубашки, красные галстуки, дирижер с горящим взглядом в длинном платье. Во время исполнения песни «Аве Мария» я почувствовал, как тяжелая волна зловонного духа навалилась на нас, как цунами, и покатила в зал, чуть не сбив нашего дирижера. Диссонанс был оглушительным. Высокое столкнулось с низким и повисло в зрительном зале. Люди в первом ряду пытались сохранить лицо и только морщились. Дальше народ сидел попроще, и побагровевшие люди начали фыркать и закрывать носы. В зале возник ропот. Я понял, что моя мечта превращается в мираж. Кое-как допели программу, занавес закрылся, в нас полетели вопли дирижера: «Кто это сделал, кто?»

Молчание было пронзительным. Оперативное расследование было скорым и жест-

ким. Сразу были отсеяны солисты от остальных; они были вне подозрений. Потом были
девочки — они более дисциплинированны.
Страх поднимался все выше и выше и в конце
концов добрался до баритонов. Эта наиме-
нее ценная часть хора должна была пойти на
заклание. Выяснять, кто конкретно испортил
воздух, божественная руководительница не
стала, поэтому попало всей группе баритонов. У нас отобрали рубашки, и я не поехал в
Ригу. И всякий раз, когда я приезжал в Ригу,
меня преследовали зловонный запах и божественная «Аве Мария».

You are in the army now

Сегодня, когда каждая семья решает проблему отсрочки в армию сразу после рождения
мальчика, я хочу рассказать, как это было в
период апогея «холодной войны».

У меня лично вопрос «Идти или не идти?»
не стоял. Шли все; кто не мог, считались не

пацифистами, а гондонами — это было неприлично. Особого желания стать солдатом у меня не было, но отдать долг было необходимо. Тут примешивалась больная тема: если ты еврей, то должен быть не хуже других, чтобы никто не сказал, что ты хитровыебанный.

Был путь через дурдом, но в нашем регионе девушки не любили продвинутых, то есть ебнутых. Быть как все было нормой. Не будучи физически культурным, я понимал, что придется терпеть кое-какие неудобства. Возраст был недетский — 23 года, и срок службы составлял 1 год.

После всех процедур меня определили в мотострелки, т.к. в спецназ ГРУ и роту почетного караула я не подходил как по форме, так и по содержанию. Закавказский военный округ встретил как родного, и местом службы стал солнечный Ереван. Первый день моей службы выпал на седьмое ноября, день, как вы понимаете, особенный. В эту дату солдат даже кормят кулинарны-

В лесу было накурено

ми изысками. Обычная еда — это каша трех сортов: горох, овес и пшено, вареное сало и рыба неизвестной породы. В тот же день давали рис, котлеты и пончик с повидлом. После обеда в клубе был дан концерт силами Ереванской филармонии. Стандартный набор предлагал: камерная музыка, фокусник, «каучук», женщина-змея и чтец с программой Некрасова из поэмы «Кому на Руси жить хорошо». Чтец был армянином, в зале — азербайджанцы и прочие выходцы с Кавказа, я, несколько русских офицеров, кому хорошо жилось на Кавказе. Женщина-змея имела феерический успех, она исполняла такие позы, что все кавказцы воспалились и кричали «Вах!».

Анализируя этот первый день в армии, я подумал, что так жить можно. Следующий день от подъема до отбоя можно описать, опуская детали, одним словом: «Пиздец».

Сержант-грузин не был исчадием ада, службу любил, а меня нет. Ему во мне не нравилось все: и душа, и мысли, и внешний вид. Он хотел видеть меня высоким, ловким, как «Витязь в тигровой шкуре», я же был невысокий, неловкий и больше походил на Швейка (после стрижки наголо, учитывая строение черепа, мой вид был как смесь дауна с гоблином). Я понял, что кто-то должен уйти. В юношеском возрасте я прочитал книгу «Молодые львы» о том, как еврейский парень пошел на службу в американскую армию, дрался со всей ротой каждый день до полного изнеможения, прошел этот путь, стал героем и т.д. У меня задача была скромнее, я должен был биться с системой, а это уже не бокс, а фристайл без лыж.

Приняв допинг в чайной воинской части в виде коржика с кефиром, я сказал себе: «Сейчас не время простых решений!» И начал проводить маркетинг по выживанию в условиях СА.

По рейтингу выживания должности располагались так:

В лесу было накурено

1) жених дочери командира полка;
2) водитель командира дивизии;
3) повар, хлеборез и склады;
4) писарь в штабе;
5) армянин — житель Еревана;
6) истопник в библиотеке.

По первому пункту был облом, так как у командира полка не было дочери, а если бы и была, я бы не проходил по пятому пункту.

По второму — я не водил, у меня не было прав в прямом и переносном смысле.

Пункт 3: питание было исторически зоной ответственности мусульман. Я не мог с ними конкурировать, хотя у нас с ними было много общего (например, обрезание), но этого было мало.

Пункт 4: я мог бы побороться, но вакансий не было, это была элита.

Пункт 5: армяне — жители Еревана служили дома, ночевали дома и не любили евреев. Их лозунг был простым: где есть армянин — еврею делать нечего. Я был полностью согласен не только с армянами, но и с другими народами, которые всегда указывали нам наше место, не давая самого места.

Пункт 6: за этот пункт я мог пободаться.

Во-первых, я любил читать; во-вторых, там тепло. Определив приоритеты, я стал пробиваться в духовно-отопительные сферы. Конкуренция была острой. С одной стороны был мощный интеллектуал из Москвы, ныне издатель успешной газеты, с другой — милый татарин без духовных запросов, но усердный и благодарный. О себе говорить не могу, так как жажда жизни была огромной.

Библиотекой руководила жена заместителя дивизии — женщина яркая, духовно богатая, выпускница педучилища в г. Камышине. По ее мнению, она была последним оплотом духовности со времен Киевской Руси. У нее была большая жопа и алебастровая грудь, повадки светской львицы и королевы гарнизонов, включая Потсдам и деревню под Будапештом. Она намекала, что в их

В лесу было накурено

доме на улице Затикяна очень много подлинных шедевров Караваджо, Боттичелли, Босха. Когда я, кивая, сказал, что-де в журнале «Огонек» очень хорошие иллюстрации, я тут же потерял место за свою дикость и бездуховность. Москвич продержался чуть больше, когда сказал ей, что Пастернак не является поэтом Серебряного века, и вылетел с кастинга прямо в саперную роту, где гнил до дембеля.

Победил татарин, как человек тонкий, чуткий и великолепный слушатель и без очков. Потерпев фиаско на ниве духовной, я занялся продвижением в штаб.

Свободных вакансий не было, но провидение было на моей стороне. Писарь продовольственной службы, обнаглев до края, нажрался чачи (местная водка), помочился сдуру на пост № 1 (знамя части). За это полагался трибунал, но его просто выперли с места. Я был водружен за стол, где и началась моя служба без страха и упрека.

Валерий Зеленогорский

Ковчег

Продолжая рассказ о службе в армии, я вспомнил историю, как я строил ящик. После счастливого сидения в штабе я захотел еще большего и договорился с начальником медслужбы о направлении в окружной госпиталь для обследования по двенадцати болезням, две из которых предполагали летальный исход.

Окружной госпиталь был одновременно мечтой для тех, кто устал, и невольничьим рынком для разных маленьких и больших начальников от медицины.

Прием и обследование в госпитале проходили так. Никто не спрашивал, что болит, все спрашивали, что умеешь делать. Завотделением общей хирургии взял меня печатать лекции по ГО, которые он читал санитаркам. Дни текли неспешно, после завтрака я ходил в кабинет завотделением и двумя пальцами печатал херню по ГО. Срок пребывания в отделении был ограничен — всего 21 день,

30

В лесу было накурено

а привычка жить хорошо развращает. Я стал изучать вопросы других отделений.

Отделения инфекций и туберкулеза были отвергнуты сразу, а вот ухо-горло-нос — это было реально. Проведя предварительную беседу с заведующим, я получил добро и стал готовиться к работе на предмет политпросвещения. В новом отделении было хорошо, но случай изменил все. Одна аспирантка готовила диссертацию по гаймориту; я вошел в опытную группу по изучению проблемы носоглотки. Она была неталантлива, но упорна. До тех пор, пока она изучала вопрос в теории, я был ею доволен, но переход к практическим опытам на людях потряс меня.

Когда девушка, без тени сомнения взяв долото и деревянный молоток, стала рубить в моем носу перегородку, я понял, что доктор Менгеле в Дахау — ребенок против нашей мастерицы. Когда она назначила повторную рубку для чистоты эксперимента, я, срочно выздоровев, вернулся в часть, где меня уже

Валерий Зеленогорский

не ждали, место было занято, и я пошел в саперную роту, где и продолжал служить.

После всей лафы в штабе и госпитале я стал рядовым солдатом без привилегий. Заступив на тумбочку в первый день по приезде, я сошел с нее через месяц. Я спал стоя, чистил полковой туалет два раза в день и делал все, что надо и не надо. Принимал я это как иллюстрацию к закону о сохранении энергии.

Демократию я любил с детства, и она не подвела меня. Объявили выборы в очередной Верховный Совет, и понял я, что буду политтехнологом. Блок коммунистов и беспартийных всегда набирал свои проценты, но антураж и агитация стали для меня спасением. С красной тряпкой я разобрался быстро, ее было везде до хера, а вот текст Конституции на русском языке был дефицитом. Но библиотека ЦК Компартии Армении лишилась своего экземпляра с моей помощью навсегда. Уголок агитатора, сделанный мной в казарме, был лучшим в полку. Потом,

В лесу было накурено

много лет спустя, я участвовал во всех выборах — начиная от Дем. выбора до последних выборов мэра г. Лыткарино. Мои кандидаты всегда проигрывают, но те первые выборы я выиграл с большим отрывом.

После выборов я получил приглашение поехать на целину в составе воинского контингента.

Меня забрали в столицу, где я приступил к строительству хлебного ящика для работы на полях Ставропольского края и Казахстана.

Опыта строительства подобных объектов у меня не было, но, как говорится, глаза боятся, а руки делают. Ящик я строил на хоздворе, там и жил. По мере строительства ящика я переехал в него, где днем его строил, а ночью в нем спал. Объемы и масштабы строительства росли, и мне дали в помощь молодого солдата Ишханова, маленького, щуплого и голодного. Он рассказывал, что по образованию радиоинженер, но, когда звонил нам прапорщик, он отвечал, клал трубку на рычаг и шел меня звать. Видимо, в его вузе не было практических занятий. Он тоже спал со мной в ящике, так мы и кантовались. Ящик получился на загляденье, но не входил ни в один автомобиль и весил без хлеба столько, что грузили его в вагон ж/д краном.

Прибыв в г. Изобильный, мы расположились в школе-интернате, где начались каникулы. Мой прапорщик стал окучивать шеф-повара, а мне досталась поломойка. Я носил наложнице прапорщика домой продукты, она дарила ему благосклонность. В душевой нашей столовой я закрывался после отбоя с поломойкой и любил ее как умел. Но однажды, напившись, мой хозяин пришел в неурочный час и стал ломиться в душевую, подозревая меня в посягательстве на свою сдобную Райку. Я не открыл, утром он сказал, чтобы я пошел на хуй, т.к. он мне не может доверять сохранность продуктов и точность подсчетов. Мы оба знали, в чем суть разногласий, но это мне уже было по барабану. Я стал свободен и делал в штабе только черную работу. На дворе был 73-й год, на Ближнем Востоке был очередной кризис, и как-то ночью начальник штаба устроил подъем и рассказал нам, что мы срочно грузимся и имитируем движение эшелонов в южном направлении; далее грузимся в самолеты и вылетаем тремя группами в Киншасу, Замбези и Намибию, двигаемся скрытно на Голанские высоты. Вся эта речь была обращена ко мне, единственному представителю еврейской пятой колонны. Я срочно осудил израильскую военщину, он успокоился и пошел спать. Закончив уборку урожая в Казахстане, я ушел на дембель без знаков отличия.

Девушка, которая...

Девушка моей мечты нажралась в самолете как свинья. Мотивы для этого были железобетонные.

Валерий Зеленогорский

Вид блюющей женщины много лет назад сослужил мне плохую службу. Я учился в скромном вузе и на дипломную практику поехал не в Москву или Питер, а в маленький город на западе Белоруссии, известный тем, что в 1939 г. советские и германские войска там проводили совместный парад по случаю раздела Польши. Городок был симпатичным; два ресторана, один из которых был славен женским оркестром, где тетки лет пятидесяти жарили музыку для командированных. Второй был элитным: там столовались иностранные рабочие из Италии. Они монтировали оборудование флагмана легкой индустрии на местном трикотажном комбинате, где я проходил практику. Они монтировали и окучивали местных телок на предмет «дольче вита». Простые итальянские мужчины из Пармы наводили сексуальный террор на всю округу, включая Брест, пограничный город, уже знающий, что почем. Эти дети Муссолини и Челентано жили в СССР как римские

В лесу было накурено

патриции. Днем работали руками, а вечером пили кьянти и граппу, жарили местных, как в фильмах Тинто Брасса.

Был 1970 год, и старожилы утверждали, что первый минет был в этом городе, а не в Питере. Все финны против итальянцев не тянут. В этой ситуации я не мог конкурировать с ними и перенес свой офис в ресторан «Заря».

Великий и могучий помогал мне противостоять римской экспансии. Бедная девушка из г. Барановичи итальянцев боялась, у нее не было навыка борьбы за счастье на чужбине. А тут я, молодой, залетный и понятный, как пять копеек. Роману с ней предшествовала история в ресторане «Заря», где я коротал свободные вечера в поисках сладкой жизни. В этом ресторане у меня была перспектива: туда приходили тетки в кримплене с люрексом в ожидании встречи с Ним... Его никто не видел, но молва описывала его как мужчину средних лет из главка, вдовца с кварти-

37

Валерий Зеленогорский

рой в высотке, с дачей по Минке, без детей и связями во Внешторге. Я пришел в «Зарю» в очередной weekend выпить клубничного пунша и съесть бифштекс с яйцом — хит советского общепита. В 10 часов вечера начинался последний танцевальный блок с «белыми танцами» и возможностью продолжить в другом месте в другой позиции. Моим соседом по столу был управляющий трестом сельхозтехники, партийный товарищ в галстуке и туфлях «Саламандра». Он представлял собой статного мужчину с лицом молодого Кадочникова и манерами тракториста. Нажрался он быстро и начал вращать головой, прицеливаясь во всех фигуранток. Глаз на него положила королева местных телок. Ее звали Нина; возраст неопределенный, с халой на пергидрольной голове. Кримплен, люрекс, сапоги-чулки, губы — красный мак и мушка, сделанная химическим карандашом на левой щеке. «Максфактор» против Нинкиного грима отдыхает. Все было при ней, кроме мужа и

В лесу было накурено

перспектив. Прежний муж сгорел на работе в прямом смысле слова, оставив ей в наследство двоих деток и маленький дом на окраине. Девушка она была решительная и твердо взяла шефство над моим новым товарищем. Я тоже не остался без внимания. Перепутав мою внешность с кавказской, она стала звать меня Гиви и подогнала свою подругу, похуже, но бойкую. Она была невысока, рябая, говорила мало, и что особенно привлекало в ней — это рука в гипсе от кончиков пальцев до шеи. В сочетании с черным бархатным платьем с двумя разрезами это был высший класс. Ее состояние не смущало ни ее, ни меня; оно мне даже нравилось. Женский оркестр завершил программу, и начался исход. Нинка поставила мне задачу идти в буфет, взять сладенькое детям и винца для мамы. В буфете я, он же лже-Гиви, стал решать эту проблему. Денег у меня было немного больше 1 рубля. Дюжину шампанского и фруктов брать не стал, ограничился клубничным пун-

Валерий Зеленогорский

шем и двумя шоколадками «Аленка». Такси не было, поэтому мы пошли пешком. Девушка с гипсом вела меня уверенно и все время спрашивала, почем гранаты в Евпатории. Я, естественно, не мог знать этого и намекал ей, что давно не был дома. Евпатория для нее была знакомым местом: видимо, в детстве она лечилась от полиомиелита, следы которого были заметны. Придя в дом королевы минета, как сообщила Нинка мне доверительно по дороге, она одарила деток шоколадками, и мы сели за стол. Быстро налили по стакану и сразу перешли к оргии. Последнее, что я увидел, — это кальсоны моего товарища, снятые Нинкой с него вместе с трусами и носками. Все, что делал этот мужчина целую неделю в командировке, было предложено невооруженному глазу исследователя. Вчерашнее дерьмо, поллюции среды, пятна от кильки с пятничного завтрака — чистый абстракционизм. Если эти кальсоны вывернуть наизнанку сегодня в галерее, можно получить грант

В лесу было накурено

от фонда Сороса или премию «Триумф» за концептуализм.

Очнувшись через час, я обнаружил, что Нинка одной рукой шарит по моим карманам в поисках легких денег. Увы, ни легких, ни тяжелых луидоров там не было. Когда, открыв мой паспорт, они выяснили, что я не Гиви, ярости их не было предела. Возглас «Жид пархатый!» поднял меня из постели, и под проклятия моих подружек я вылетел во двор. Ночь, зима, денег нет, оскорбленный по национальному и половому признаку, я стал крушить стекла на веранде. После этого происшествия я вынужден был поменять дислокацию и перейти в другой ресторан, так как в «Зарю» ходить мне было нельзя — Нинка порвала бы меня в клочья. В «Днепре» я встретил за обедом девушку, некрасивую, с яркими глазами и страшной притягательной силой. Мы с ней встречались несколько раз; она рассказывала мне про книжки, называла фамилии, которые я, выпускник советского вуза, не только не знал, но и выговорить не мог. Она была из Питера, жила в этом городе в административной ссылке за антисоветскую деятельность. Под присмотром дяди, который работал директором училища культуры, где она подрабатывала концертмейстером. Вечером с ней встречаться было нельзя, так как дома ей надо было быть в девять. Сегодня, когда я знаком с В.И. Новодворской, у меня есть подозрение, что это была она.

Вечера, когда не было денег, я коротал с рабоче-крестьянской девушкой в общежитии. У нее была отдельная комната; я же жил с местными дебилами, четыре человека в комнате, где царили вандализм и полная антисанитария. Она варила сардельки, гладила меня по всем местам и молчала как рыба. Срок практики истек, и я поехал по постоянному месту прописки. Вскоре выяснилось, что материалы для диплома я не собрал, и мне пришлось ехать обратно для пополнения данных моего исследования под названием

В лесу было накурено

«Социалистическая экономика в свете решений XXIII съезда КПСС по развитию верхнего трикотажа артикула 8018».

Сделав остановку в городе моей девушки, я встретился с ней в местном ресторане. В те времена я не знал, что католики отмечают Рождество с 24 на 25 декабря. Девушка была кандидатом в члены КПСС и ревностной католичкой. Костела не было, вернее, он был, но размещался в нем клуб завода «Кожевник». Зато дома у них было все как в Ватикане. Это был вечер 25 декабря, девушка приняла с папой литр «беленькой», а со мной в ресторане красненького и поплыла так, что ее нужно было срочно эвакуировать. Раз двадцать она падала, убегала от меня: видимо, ей привиделось, что я не тот, за кого себя выдаю. Потом в последний раз она убежала в зимний парк, красиво упала, задрав ноги выше головы. Картина, которая мне представилась, была чудесной. Лежащая фея в старых теплых панталонах убила мою любовь наповал.

Есть три великих вопроса, на которые должен ответить мужчина, выбирая себе жену: если вам нравится, как ваша избранница гадит, спит и блюет, значит, это ваша женщина!

Микромагия,
или Ебем, гадаем, ворожим,
поем в любой тональности...

Сегодня, когда модно гадание на картах, останках реликтовых насекомых, наступил рассвет самых махровых явлений бытового мракобесия, я помню свой опыт манипулирования общественным сознанием. Дело было так.

После окончания вуза я пришел в сентябре на фабрику автоматизированного производства панталон в совершенно новой сфере на базе ЭВМ. Вычислительный центр, где я начал работать, был, а ЭВМ по плану должна была поступить в I квартале следующего года. Чтобы не терять квалификацию систем-

В лесу было накурено

ного аналитика, я был послан на сбор корнеплодов в местный колхоз.

Утром нас посадили в автобус, и мы поехали пополнять закрома родины. Я никого не знал и поэтому молчал в тряпочку. Вокруг люди разговаривали, смеялись; я гордо смотрел и слушал. Мы приехали, расположились, выпили, и проблема досуга встала ребром. Тут я весь в белом вышел на сцену и стал пытаться заявить о себе посредством гадания и микромагии. Опыта у меня не было, а наглость имела место в полном объеме. Из известных мне психопрактик я опирался на журнал «Наука и жизнь», где был раздел «Психологический практикум», где я запомнил трюк, когда человек, владеющий методом психомоторики, предлагает человеку из десяти карт выбрать конкретную, и с помощью передачи приказа в момент контакта (то есть взяв человека за руку) выбранная карта отдается и показывается. Я показывал этот номер за столом.

Валерий Зеленогорский

Так вот номер по угадыванию карты был продемонстрирован, но, учитывая, что я выпил, коэффициент угадывания был ниже обычного. Требовалось эффектное завершение. Я стал гадать по картам. Предки мои — не цыгане и не тибетские ламы, пришлось создать свой метод (он был прост и наивен). Схема была следующая: красная масть — хорошо, черная — плохо; бубны — лучше, крести — очень плохо; 10 бубен — хорошо учился в десятом классе, дама — была девушка, валет — малый из параллельного класса, король — старый поклонник, король крести — начальник, требующий близости, и т.д. В таком ключе я и работал! Первые люди были заморочены очень быстро, но требовался эффектный удар.

Наконец ко мне за стол села девушка из бухгалтерии; когда мы ехали в автобусе, она рассказывала своей подружке о романе с главбухом, который предлагал ей соитие на рабочем месте в обмен на мелкие

В лесу было накурено

подачки и направление в институт. Первые ответы были подготовкой, а потом, дождавшись крестового короля, я задвинул, что у нее есть старый мужчина, она покраснела, и тут я ей сказал, что могу рассказать, что это за человек. Она сошла с ума от проницательности карт. Все были поражены моим даром провидения, но был и неверующий Фома, юноша хулиганского типа, который в грубой матерной форме отрицал, что я Ури Геллер или Кио, и все время комментировал не в мою пользу. Я решил, что надо его сделать. Он сел ко мне, и начались исследования. 8 крестей сообщили о том, что учился он плохо и попал в детскую комнату милиции за кражу велосипеда. Для него я комментировал только черную масть, он пока трепыхался, но когда вышла 8 пик, я сообщил ему, что у него есть мопед — это сразило его наповал. Это я услышал от него самого, когда он прощался с приятелем до выезда на картошку.

Утром я встал рано, вышел во двор и увидел, что он сидит на крыше дома, где мы жили, в тяжелой задумчивости.

Он спросил меня: «Откуда ты узнал про мопед?» — «Карты не врут», — ответил я. С тех пор я гадаю, ворожу, пою в любой тональности.

Поэт в России больше, чем...

Мужчины, как правило, женятся под давлением обстоятельств. Внутри данной особи живет железный принцип: совместное проживание — не единственная форма существования. Можно было бы и не жениться, но мама, папа и т.д.! Я и сам первый раз женился из корыстных побуждений. Я жил с родителями в двушке без вариантов размена. Родители мои были уже серьезно больны, и мой темперамент никак не способствовал их спокойной лекарственно-больничной жизни на пенсии. Приходить поздно, валяться до

В лесу было накурено

обеда в выходные, пьянствовать на их глазах было нестерпимо. Кризис поколений заставил меня жениться на девушке с квартирой в центре. Она была не хорошей, не плохой, а жить с ней, казалось, будет удобно. В то время хороших писателей было мало. Одним из них был Трифонов, написавший блистательные книги о жизни, непохожие на блуд и гадость советского реализма. Так вот я поступил, как герой его повести «Обмен», где герой тоже совершил обмен в угоду своему удобству. Но мораль его деяния всегда одинакова: платить за все приходится не квадратными метрами, а кровью, сердцем и ночными кошмарами.

Через несколько лет после брака в рутинной жизни старшего инженера с женой-пианисткой и маленьким ребенком стало понятно: «что-то все-таки не так, все не так, ребята». Ребенок рос, жена учила детей играть на рояле одно и то же произведение, которое я до сих пор знаю наизусть. Оно называлось «Инвенции И. Баха». Она сама учила его и

Валерий Зеленогорский

делала всегда ошибки в первой и третьей частях. Дети, которые учились у нее, делали те же ошибки; и моя дочь тоже играла «Инвенции Баха». Фальшивые ноты данного произведения довели меня до крайности, и я начал изменять жене предпочтительно с женщинами без голоса, музыкального слуха и с отсутствием ритма.

Условий для адюльтера при социализме было немного. Гостиницы недоступны, у друзей тоже не забалуешь. Только поездки в колхоз давали некий оперативный простор. Были еще командировки, но это не носило системного характера. А вот в деревне на сене под портвейн рушились моральные устои целых структурных подразделений. Страсти кипели нешуточные: у застенчивых научных сотрудников срывало крышу. Я думаю, что это была явная антисоветская деятельность. Диссидентствовать, по сути, было опасно, а вот разрушить социалистическую мораль таким приятным способом было даже

В лесу было накурено

очень, очень. Тем более что направить свои усилия при социализме было некуда. Можно было читать книжки, ходить в театр — то есть смотреть на чужую жизнь, поэтому и были аншлаги и большие тиражи. И только завалить в колхозе машинистку или конструктора III категории — в этом было нечто героическое, праздничное и жизнеутверждающее. Гормоны ничего не стоили, дефицита у людей с этим не было, т.к. Госплан эту номенклатуру не планировал. Вот они и обменивались ими без контроля внешних и внутренних органов. Все же радостно, что природа выше, чем государство и общественный строй. Я тоже по мере сил гармонизировал свои отношения, используя нестандартные методы обольщения. Моим учителем был доцент медицинского вуза, профессорский сын, которому показали больную Ахматову. Он удивил Анну Андреевну тем, что в шестилетнем возрасте наизусть прочел ей «Реквием». Эта встреча была для него судьбоносной. Он поверил в

Валерий Зеленогорский

силу стихотворного слова и в дальнейшем пользовался всем многообразием данного вида искусства. Он был высокохудожественным персонажем, книгоман, библиофил в золотых очках. Круг его почитательниц составляли актрисы местного драмтеатра, студентки филфака, молодые преподавательницы музыкального училища — в общем, богема. Время было небогатым.

Вот каким мне запомнился день рождения ведущей актрисы академического театра с зарплатой 84 рубля в расцвете творческой карьеры. Она проживала в театральном общежитии, где в четырехкомнатной квартире жили три актрисы, а в одной из комнат — дирижер оркестра с первой скрипкой и собакой от первого брака. Дирижер недавно ушел от старой жены из-за эстетических разногласий. Она не разделяла такое увлечение мужа, как Шнитке и Пейдж, а скрипачка разделяла и таким образом стала делить и супружеское ложе, и близость на ниве авангардизма. Что

В лесу было накурено

может быть возвышеннее?! Старая жена требовала назад собаку, а муж не отдавал, обидевшись, что в сухом остатке собака ей была дороже, чем он сам. Вот в такой дом мы пришли с доцентом на день рождения к актрисе трагического дарования, идолом которой была Анна Маньяни. Наша Анна была малорослой и неказистой, но с глазами Жанны д'Арк. Ее амплуа было травести, то есть играть мальчиков в тюзовских спектаклях. Она претендовала как минимум на Джульетту и принцессу Турандот — мы не отговаривали. В будущем поклонение Маньяни изменило ее. Она упала на репетиции «Ромео и Джульетты» в оркестровую яму, сломала позвоночник, долго ходила в корсете, и профком выделил ей дубленку. Она блистала в ней лет двадцать, вышла замуж за сына Героя Советского Союза, местного мажора. Он ее бил смертным боем, бросил ее, оставил с больным ребенком. Я же увидел ее через тридцать лет седой старухой с ненормальными глазами и

Валерий Зеленогорский

званием заслуженной артистки республики. Но этого еще с ней тогда не случилось.

Ей было двадцать лет, и она только начинала свою карьеру. Мы с доцентом принесли бутылку вина «Узбекистан» за 2 руб. 20 коп. Я подарил ей книгу А. Перрюшо «Тулуз-Лотрек»; она поставила на табуретку пачку печенья, и пир начался. Доцент читал Пастернака, скрипачка наигрывала импровизации, собака выла! Всем было хорошо. Вина пили мало — слишком духовной была атмосфера. Вечером выключили свет. Зажгли свечи, и доцент запел Галича. Градус происходящего повышался. Девушка Белла с филфака стала шарить у меня в брюках для полноты чувств. Она считала себя похожей на молодую Ахматову на известном портрете в фиолетовом платье, но сходство было очень условным. Единственным признаком сходства была челка — в остальном же она была толстой, неуклюжей еврейской девушкой, растленной поэтом-доцентом. Доцент научил меня, что

В лесу было накурено

есть три книги, которые могут завалить любую интеллектуалку. Б. Пастернак — из серии «Библиотека поэта», сборник «Камень» О. Мандельштама и Марина Цветаева в издательстве «Академия». Нужно было сделать три укола. Первое — начать с Цветаевой, два-три хита, потом Мандельштам, что-нибудь социальное и напоследок «Свеча горела» Пастернака. Третий выстрел был всегда контрольным, и фигурантка сама просила войти в нее, трепеща и дрожа. Доцент говорил, что были и крепкие орешки. И тогда у него был отравленный кинжал Гумилева «На озере Чад...». Был случай, когда после этого ему предлагал себя замдекана лечебного факультета, член партии.

Под чтение доцента я сумел овладеть актрисой, которая не была приглашена на праздник, а просто жарила картошку с тушенкой на кухне. Я думаю, что это был побочный эффект поэзии Серебряного века.

Валерий Зеленогорский

Уехал я из этого города навсегда и много лет спустя приехал с Максимом Дунаевским на его творческий вечер. Он был в расцвете своей славы, жена — Андрейченко, «Мэри Поппинс» и т.д. Мы с ним успешно все провели. Мои друзья пригласили нас на обед. Люди они были хорошие, добрые, интеллигентные, с глазами, в которых горел синий свет «Нового мира» и блики «Зеркала» Тарковского.

Они тихо радовались рядом с маститым композитором. Он был мил, доступен, поиграл на инструменте, попел с моими друзьями, плотоядно поглядывая на местную Клеопатру из районо, которая в принципе могла ему дать для своей кредитной истории. Муж ей тоже нравился, но дать человеку из телевизора — соблазн великий. Максим не решился, а она тоже не блядь же какая-то.

Так вот доцент на праздник не пришел, стушевался. Хотел прийти с письмом своего папы-профессора к Исааку Осиповичу Дунаевскому, но письмо не нашел. А просто прийти счел неловким — зассал, в общем.

Стихами теперь никого не возьмешь! Прервалась связь времен...

Путешествие по горящей путевке

Сегодня, когда Украина вздыбилась и ее разрывают на части, я вспомнил благословенный 1973 год, когда по возвращении со службы в армии мне дали горящую путевку на турбазу в Закарпатье. Я приехал в маленький городок под Мукачево, где поселился в домике и стал готовиться в поход. Схема была такой: вы приезжаете на базу, два дня вас инструктируют, потом вы сдаете вещи, надеваете горные ботинки и прочий инвентарь и идете штурмовать свой Эверест. Группа у нас была чудная: женщины в возрасте 20—50 лет, я, демобилизованный воин, отставной летчик с четырнадцатилетним сыном и откинувшийся зэк из Архангельска, тоже, как ни странно, получивший путевку. На второй день была экскурсия по городу, где было две достопримечательности: хозяйственный магазин и Доска почета, где были выставлены фотографии почти всех жителей. Я плохо слушал старшего инструктора, и он обещал сгноить меня на перевале. Инструктор на турбазе — это бог, сильный, самый умный, Петрарка и Геракл в одном лице. Вечером пришла очередная группа из похода, и мы должны были ее встречать с цветами и улыбками. Напротив меня оказалась молодая женщина тридцати лет с измученным от походных страданий лицом. Я подарил ей букетик полевых цветов, и она мигнула мне, что сегодня вечером приглашает меня на банкет в свою палатку. Когда я пришел в их группу, они уже выпили ящик вина «Биле мицне» литрового исполнения. Моя женщина посадила меня рядом, как жениха, и я понял, что стал орудием мести ее инструктору, который пренебрегал ею в по-

В лесу было накурено

ходе или не успел. Она налила мне кружку «Биле мицне», и я потерял сознание в ее палатке; она легла рядом и завыла дурным голосом. Я ее успокоил и стал искать близости. Близость не налаживалась, она была недоступной, я напрягался, но вход был закрыт.

Исповедь ее меня потрясла. Дожив до тридцати лет, она, не зная любви, вышла замуж за учителя труда, который две недели не мог ее дефлорировать. Однажды, рассвирепев, он ударил ее в сердцах, и все случилось. И с тех пор, для того чтобы она открылась, ей надо было дать по роже (по науке это называется вагинальный спазм).

Я встал перед дилеммой: дать или не дать ей в глаз? Моя мама воспитывала меня, что женщину нельзя ударить даже цветком, а тут?! Но она так просила, что пришлось уступить. На следующий день, сдав вещи, мы отправились в поход. Я сунул в носок десять рублей, понимая, что до цели дойдут не все.

Валерий Зеленогорский

На меня надели рюкзак с 40 бутылками «Биле мицне», и я пошел. Метров через пятьсот я предложил сброситься на автобус и передвигаться на механической тяге. Но народ рвался в горы. Когда женщина-врач из Казани упала в обморок, сделали привал, и я понял, что уже не встану, но мужская гордость победила, и я дошел до приюта, где упал замертво. Ночью к нам в приют пришли местные пастухи и покрыли желающих по-простому. Дефицит мужчин в группе был очевиден, поэтому использовали даже малолетнего сына летчика. Я не участвовал и начал роман с хорошей девочкой из Питера. Летчик и зэк уже на второй день имели гарем, остальные были на листе ожидания.

Через два дня мы пришли на благоустроенную базу под Мукачево, где был душ и чистые простыни. Утром на территорию базы приехали люди из съемочной группы фильма «Мария» и позвали желающих в массовку. Я пошел, и меня взяли на роль румынского

В лесу было накурено

солдата. Фильм был про империалистическую войну. Уже на площадке я не прошел кастинг и из актера превратился в зрителя съемочной площадки. Из звезд участие принимали Конкин, имевший шумный успех в фильме про Павла Корчагина, и Боря Хмельницкий. Это был первый съемочный день; они разбили тарелку, и вечером в ресторане «Беркут» был банкет. Я, как участник съемок, позвал свою девушку посмотреть на кино изнутри.

Группа быстро нажралась, Конкин орал, что его заебали папарацци, и мир грез до сих пор у меня вызывает отвращение.

Через несколько дней мы вышли к подножию горы Говерла (2,5 тыс. м над уровнем моря). Это был наш Эверест. Я шел в гору и пел песни Высоцкого из кинофильма «Вертикаль». Поднявшись на гору, я гордился собой, что сделал это. В самый высокий момент эйфории я увидел старушку, которая шла с другой стороны горы с двумя мешками. Я спросил ее, куда она идет. «Домой из магазина

61

иду», — ответила она. Мой подвиг померк, а вечером местный мужик рассказал мне, что до войны на гору затаскивали буфет и пили.

Я получил значок «Турист СССР» и больше в горы ни ногой.

Увидеть Париж и...

Что такое Париж для русского человека? Это наше все. Мечтать о Париже было бессмысленно, но люди там бывали: Хемингуэй был, Маяковский был, директор фабрики, где я работал, была. Она, как делегат XXII съезда КПСС, в составе делегации нашей партии была приглашена на съезд братской французской компартии. Я жил с ней в одном подъезде и видел, как она оттуда приехала с пакетами «Тати» и прочими дарами капитализма. Через неделю она устраивала встречу с интеллигенцией нашего производства для обмена впечатлениями. Все замерли от предвкушения, я тоже хотел подробностей.

В лесу было накурено

На дворе был 1970 год, и я знал, что умру, не увидев Парижа. Она начала издалека, первая фраза была очень модной. «Париж — город контрастов и полутонов», — сказала она. Очень ярко описала заключительное заседание ФКП, особенно ей понравилось, что в финале пели «Интернационал», а с балконов в зал бросили тонну гвоздик на бедные головы французских коммунистов. Это была их политическая смерть, скоро они погрязли в ревизионизме и отошли на позиции еврокоммунизма. Люди наши стали задавать ей вопросы: Эйфелева башня, то да се. Главный художник по носкам с волнением и дрожью спросила про Лувр.

Наша директриса сказала, что это круто: Мона Лиза, Венера, Роден. Самое же яркое впечатление от Лувра, которое потрясло всю ее жизнь, было в следующем. Она встретила в Лувре директора Оршанского льнозавода Семенова, прибывшего туда по линии Министерства торговли. Много лет спустя, в 1991 году, в

Валерий Зеленогорский

моей семье осталось 800 долларов США. Дело было под их Рождество, и я решил показать своей жене Париж, а уж потом умереть. Тур был недорогой, отель возле вокзала Сан-Лазар, полторы звезды, но это было неважно. Мы ходили пешком, ели багеты, и все было прекрасно. Пришло время посещения Лувра.

Моя жена приехала в Париж в норковой шубе, которую я купил ей на гастролях одного популярного артиста, условием которого была норковая шуба местной фабрики. Это была не шуба, а мечта. Она была до пола, на вате и весила килограммов 70. Но мечта висела на жене достойно и богато. Бояться за шубу было нечего, Брижит Бардо живет под Парижем, а мы туда не собирались, хотя в Версале были — не понравилось, как-то бедновато во дворце, мебели мало и как-то убого.

Незнание реальной парижской жизни привело к драме. В Лувре, оказывается, нет гардероба, а ходить по музею в шубе жарко. Я взял шубу на руки и шел с ней. Расстояния

64

в Лувре ого-го. Жена моя — женщина высококультурная, знала, что смотреть, через час я уже хотел умереть: бросить шубу нельзя, идти нет сил, а до Леонардо идти и идти. Но в Лувре есть буфет, я склонил жену выпить слегка, она поддалась, мы выпили и не дошли до Венеры. От шубы я был не только без рук, но и без ног. Теперь я член фонда защиты дикой природы, и шуб мы не носим.

Кони привередливые

В начале девяностых, в период первоначального накопления капиталов, появились люди, которые захотели отмечать свои праздники с размахом. Модными стали праздники с танцами, цыганами, приглашенными знаменитостями. Хотелось быть рядом с людьми известными, чтобы потом в бане сказать друзьям: будет юбилей, приглашу Леву и Аллу — пусть попоют у нас, и т.д. Этот диковинный новый быт быстро овладевал массами новых русских, армянских и прочих народов. В советские времена эта тема была актуальна на Кавказе и в среднеазиатских республиках. В России застолье было более скромным, и только номенклатура могла пригласить к себе в баню писателя почитать свои опусы возле бассейна.

Я работал тогда в связке с творчески одаренным художником и режиссером, делавшими первые шаги на ниве шоу-бизнеса. Потом они резко взлетели на этот олимп и сегодня в большом авторитете. Самым активным был художник: стремительный, обаятельный, брал с места в карьер и пер так, что остановить его мог только поезд — и то если бы он стоял к нему спиной. Но спиной наш друг по понятиям никогда не стоял. Поэтому все поезда шли с ним в одном направлении.

Режиссер был другим: более тонким, крепкий специалист с хорошим бэкграундом. Вот так случай объединил меня, коня и трепетную лань.

В лесу было накурено

Все мы были провинциалами по происхождению; разного возраста, но что-то общее объединило нас. Жажда наживы владела нашими умами.

Опыта организации приемов, балов не было, по большому счету, ни у кого из нас. Некоторое преимущество было у меня, так как в 17-летнем возрасте я организовал выпускной вечер в школе рабочей молодежи в столовой строительной организации. Выпускники и руководство школы были довольны — я тоже. Остаток из восьми рублей был первым моим гонораром в шоу-бизнесе.

Появились клиенты с фантазией и без. Если человек хотел круто, но не знал как, — тут же приходили мы и рассказывали, что, где и как это будет. Однажды художник принес весть, что один крупный деятель решил отметить свой юбилей с выдумкой и небывалым пафосом. Художник уже плотно общался с клиентом. Он влюбил в себя этого непростого мастодонта, выяснив всю его биографию,

Валерий Зеленогорский

то есть выполнил функцию врача, биографа, психоаналитика и задушевного друга. Дедушка хотел на своем юбилее увидеть эпохальное действо с элементом коронации и реинкарнации. Дедушка был весьма непрост, жил на Западе, бывал кое-где. Предыдущий юбилей отмечал в «Белладжио» в Лас-Вегасе, дочь женил в «Карлтоне» в Канне, имел дом в Лондоне и яхту в Сен-Тропе.

Мы предложили проиллюстрировать историю его жизни художественной концепцией «Ротшильд с Малой Арнаутской». Родился наш клиент в Одессе, и весь его жизненный путь был цветист и авантюрно закручен так, что ни Дюма, ни Акунин не смогли бы его изложить. А вот художник крупными мазками монументально рассказал его биографию в пределах выделенной сметы. Дедушка при анамнезе рассказал, что в детстве он хотел быть моряком, и получил перед входом в зал приемов скульптуру адмирала Нельсона, с фотографическим подобием, без черной

68

В лесу было накурено

повязки на глазу. Следующее воспоминание стоило клиенту полной копии самолета Антуана де Сент-Экзюпери с фигурой пилота, легко узнаваемого родственниками. Самолет летал в гардеробе клуба под фонограмму авиационного двигателя. Лестница, на которой юбиляр должен был принимать гостей, была украшена 3000 роз и напоминала филиал Ваганьковского кладбища во время богатых похорон. Но размер не имеет значения, как говорят в одной рекламе! Я согласен с этим утверждением — клиент всегда прав!

Приехать на свой бал на «Мерседесе» было банально, а вот предложение выехать в карете Людовика XIV понравилось дедушке, а мне — нет. Видимо, уже тогда я понял, что с этим будут проблемы, т.к. я доверяю не мозгу, а заднице, и она мне всегда говорит правду. Карету мы нашли на киностудии, а вот с конями было тяжело. Троек исконно русских было пруд пруди, а вот экипажи для четверки или восьмерки — это было непросто. Мы на-

Валерий Зеленогорский

шли конюха-концептуалиста, который брался найти четверку и снарядить экипаж. Лирический аспект биографии юбиляра вызвал к жизни букет сирени, который он подарил своей будущей жене в период ухаживания на берегу Черного моря. Все вроде срасталось, мы готовились к бою, и вот наступил день феерии. Время было холодное: зима, декабрь перед Рождеством. В зале уже стояли декорации, свет, звук, столы накрывались, фитодизайн. Вдруг выяснилось, что забыли сирень. Мы дали команду ехать за ней в Смоленск на таможню, где она застряла по вине местных коррупционеров. Позвонил конник и сказал, что холодно и лошадки приедут позже, чтобы не замерзнуть. Я, как человек слабохарактерный, пожалел лошадей, а себя приговорил этим. Художник меня предупреждал: никого не жалеть, а на мое утверждение «но они же люди» отвечал четко и прямо: «Люди — хуй на блюде». Он был, как всегда, прав. А я, поклонник абстрактного гуманиз-

В лесу было накурено

ма, считал иначе и страдаю от этого до сих пор. Четыре часа было временем приезда коней, но они не ехали. Художник, сверкая глазами, пробегая мимо, шепнул: «Где эти ебаные кони?» — «Едут», — говорил я, и холод подступал к моему бедному сердцу. Мобильной связи тогда не было. Конюх выехал с базы в два часа дня, и в пять его еще не было. По моей информации, никакого цыганского съезда в городе не было, видимо, случилось нечто, чего я представить себе не мог. Через некоторое время в результате оперативно-разыскных мероприятий выяснилось, что машина с конями столкнулась с каким-то «жигуленком» первой модели на Таганке, управляемым пенсионером-летчиком. Наш трейлер разбил ему задние габариты, и он требовал масштабного расследования ДТП. Уговорить его было нереально. Вот таким образом мог рухнуть гениальный план коронации. История знает такие примеры: Наполеон под Ватерлоо чем не пример? К 19.00 все силы художественного кулака были стянуты. Свет блистал, оркестр штаба ВМФ примерз к трубам, камеры, телевизионщики были наготове. Но лошади жевали овес на Таганке, а я жевал сопли здесь. Я доложил партнерам о случившемся, и они покрыли меня ураганом теплых слов. Юбиляр уже прибыл и через видеонаблюдение из кабинета наблюдал съезд гостей. Здесь была вся Москва: депутаты Госдумы последнего созыва, народные лауреаты, три посла и все, все, все!

Я подошел к юбиляру и сказал, что лошади попали под «Жигули». Он закричал в ответ, что без кареты не выйдет к гостям. Народный певец, которому мы объяснили ситуацию, также увещевал его — нет! Хочу карету — вот и весь ответ. И тут, о чудо из чудес, из угла появляется огромный трейлер с конями. Мы судорожно выводим коней, переодеваем охрану юбиляра в берейторов и прочих лошадиных сопровождающих. Юбиляр сел в карету, наполовину одетая охра-

В лесу было накурено

на — кто в париках, но без камзолов, другие, наоборот, в камзолах, но без париков — выглядела очень живописно. Гостей опять вывели на улицу. Заиграли марш, «Мотор», съемка, встреча началась. Кони занервничали: свет, звук, пиротехника — и они понесли. Я представил, как этот царский выезд влетит в толпу, и мне стало нехорошо. Мы с художником бежали рядом с экипажем и пиздили лошадей палками от оформления экипажа. По провидению божьему за метр до подиума лошади замерли; пизданула пиротехника, и охрана нашего Людовика выползла на свет божий. Успех был ошеломляющий, гости посчитали это режиссерским ходом. Все покатилось своим ходом. Звезды сменяли друг друга, юбиляр был как бы доволен, но сирень была в Смоленске и распуститься по сценарию должна была в 4 утра. Проходя мимо меня каждый час, юбиляр спрашивал у меня одной и той же фразой: «Где сирень?» Я твердо отвечал, что все будет как положено. Гости уже нажрались, и им было все по барабану. Но сирень еще не распустилась, хотя нужна она была только двум людям — нашему юбиляру и мне в первую очередь, так как отсутствие сирени на сцене плавно переносило меня на кладбище, где под сиреневым кустом моя бедная жена проведет остатки своей вдовьей жизни. Ровно в 3.55 сирень въехала в наш дворец, и бедный дизайнер внес коробки с сиренью, которую удалось отбить у таможенников, оставив в залог генеральную доверенность на квартиру дизайнера. Для придания товарного вида дизайнер хотел поставить сирень в воду, но тут я понял, что главная правда — не в искусстве, а в правде жизни, и волевым решением заставил его вынести ведра примороженной сирени ровно в 4 часа, когда юбиляр заканчивал спич о силе любви, пронесенной через годы. Сойдя со сцены, он посмотрел на меня, как Сталин на делегатов XVII съезда, и сказал: «Это не сирень, это говно!» Это за-

В лесу было накурено

явление имело эстетическую платформу. По факту ему возразить было нечего.

Смета была выполнена, юбиляр получил все, что хотел, — жизнь удалась!

Можно было расслабиться, выпить, но меня ждал худсовет по гамбургскому счету плеяды моих соратников. Подведение итогов было перенесено в ночной клуб, где художник, как Тулуз-Лотрек, обожаемый девушками-работницами, проводил достаточно много времени, оттачивая мастерство кисти и пера. Пять часов утра — это время подведения итогов. В казино к этому времени становится ясно, что ты уже засадил и взять в долг уже не у кого: девушка, у которой ты случайно заночевал, к этому времени ответила на все твои вопросы. Если человек приходит домой в шесть, то это — опоздание, в восемь — наглость, подлая измена и оргвыводы.

Обсудив содеянное, мой партнер сказал мне все, что он думает о моей низкой квалификации, что коллективные усилия разбиваются об утес лени и недальновидности. Я уже выпил к этому времени крепко, поэтому не спорил. Он принял решение наказать меня рублем и недодал штуку. Видимо, он был прав.

До сих пор я не люблю лошадей, презираю сирень и сторонюсь амбициозных проектов. Себе дороже, а ему дешевле.

Фиктивный брак

У человека должна быть жена, хорошо, если одна и на всю жизнь. Но это для особо одаренных, талантливых, устремленных, которые могут меняться вместе с женщиной всю жизнь, а никак не для простых и малоталантливых, которые с годами остывают, как батареи в энергокризис, или взрываются, заливая все вокруг себя крутым кипятком, и обжигают душу, руки и ноги. Мои батареи остывали несколько раз, и я разогревал себя возле нового костра, подбрасывая в этот костер свое прошлое. Конечно, возле теплой батареи и

В лесу было накурено

комфортнее и гигиеничнее, но, увы, костер дает живой огонь и требует постоянного участия в этом процессе. Первый брак сегодня я считаю победой бессознательного над разумным. Девушка жила в центре, была в меру умна и доброжелательна, училась на пианистку — я был не чужд искусству. Играла она херово, без полета, долбила по клавишам одну и ту же пьесу и постоянно фальшивила. Я думал, что это пройдет, но увы...

Если у вас нет голоса, не надо петь; если хорошо шьете — то не надо изучать органическую химию. Я, например, не умею ничего и поэтому делаю все, что могу. Пианистка любила две вещи: пить кофе и курить, домашняя работа могла осквернить ее духовную сущность, поэтому в доме был перманентный бардак. Это не нравилось моей маме, и она плакала, жалея меня, как жертву русского шовинизма. Мама моей жены была прокурором, суждения имела веские и сразу сказала мне после первой брачной ночи, что это для

Валерий Зеленогорский

них мезальянс и что она посадит меня без сожаления. Когда на 23 февраля она подарила мне трехтомник А. Чаковского «Победа», я сделал соответствующее лицо. Она сказала своей дочери, чтобы она вступила в партию для равновесия с моим космополитизмом. Прокурор-мама вынесла в своей жизни двенадцать смертных приговоров, но, к счастью, много времени проводила на допросах, и поэтому я видел ее только на праздники (с тех пор я не люблю праздники и правоохранительные органы). Брак уверенно катился под откос, но не было встречного поезда, чтобы уехать на новую целину для выращивания ростков новой жизни.

Страшная ясность приходит с опытом, когда мы оцениваем наши отношения по прошествии времени. Я помню, как трудно мне было уйти из брака, сколько было терзаний, сомнений и просто страха, как оно будет. Так вот мне вспоминается эпизод после первого развода.

В лесу было накурено

Прошло несколько лет, и оказался я в своей квартире, где прожил 11 лет, где каждый угол и поворот был мне известен до молекул. Я стоял на кухне, которую сам ремонтировал, опираясь на холодильник «Бирюса», и видел перед собой чужую женщину, говорящую мне что-то. Я поймал себя на том, что ничего не помню из этой жизни — ни дня, ни минуты, ничего. Отношений нет — ничего нет, но остаются дети, которые разорваны наполовину, и с этим ничего нельзя сделать: с этим нужно жить, и долг родителей смирить свою ненависть ради них, пока они сами не станут такими же.

В поисках прекрасного я существовал недолго. В нашем НИИ, где работы было мало, а людей много, очень сильны были два пульса: разгул духовного общения и соответственно переход из духовной фазы в чувственную. В нашем отделе, основной функцией которого была автоматизация производства, были очевидные успехи. Я занимался всеобщей компьютеризацией металлообработки, не-

Валерий Зеленогорский

много раньше Билла Гейтса, но, увы, нашу ЭВМ еще не изготовили, видимо, боялись, что мы получим допуск к стратегическим секретам. Учитывая, что в нашем отделе русских не было, я понимал наше руководство. Нашей Силиконовой долиной был подшефный колхоз, где мы проводили минимум пять месяцев в году, где нас, как китайскую интеллигенцию, перевоспитывали в деревне. В этом было и определенное преимущество. Уезжаешь из дома на две недели — свежий воздух, молоко, физические упражнения в позе, вызывающей волнение плоти. Каждый вечер легкие фуршеты с портвейном и полный Декамерон. Моя Софи Лорен на поле подсолнухов охуела от моих рассказов и постепенно сдала все позиции — от моральных обязательств перед мужем и страха общественного порицания. Сегодня, для того чтобы уговорить девушку словами без подношений и выездов, требуются максимальные усилия. В ревущие восьмидесятые, кроме слов «заведующий

В лесу было накурено

сектором НИИ», мы могли предложить только любовь и духи «Клима» на 8 Марта в двух экземплярах, жена тоже человек. Были проблемы в праздники и выходные, тут была задача из задач. 30 декабря Новым годом не считается, а 31-го уйти из дома не мог даже законченный подлец. Но всему приходит конец; в один прекрасный день ты говоришь все, или тебе говорят все, и ты уходишь за дверь. Новая любовь, съемная квартира, денег не хватает, но костер горит, и ты уже летаешь во сне и наяву. Как-то, будучи в Москве, мой коллега из московского НИИ, зная о моих реалиях, предложил работу в своей конторе, но я должен был решить вопрос с пропиской. Терять мне было нечего, решил попробовать изменить свою участь. Крепостное право в России отменили в 1861 году, но большевики в 1917 году решили, что люди должны перемещаться организованно: в лагеря, на целину, в ссылку, а так, индивидуально, куда захочешь, не могли. Была единственная схема — это фик-

Валерий Зеленогорский

тивный брак. Этот институт существовал, но
требовал значительных материальных затрат.
Можно было прийти в синагогу, где специаль-
ные люди решали эти проблемы. Основными
клиентами были люди, желающие выехать на
Запад на плечах детей Израилевых. Эти люди
платили деньги, и их переводили через еги-
петскую тьму социализма в благословенную
землю обетованную. Мне это было не надо,
и мы пошли другим путем, как говорил один
мужчина из г. Симбирска. Один раз мне мой
знакомый передал фотографию и телефон
девушки, сидящей в байдарке, с косичками
и милой улыбкой. Фотография была довольно потрепанной, но я не придал в тот момент
этому большого значения. В очередной командировке я позвонил по телефону данной
девушке и честно предложил фиктивный
брак на ее условиях. Времени у меня было
мало, поэтому я хотел встретиться немедленно и обсудить все вопросы. Она сказала мне,
что это так неожиданно, ей надо подумать

В лесу было накурено

и мне следует написать ей о себе. Я сказал, что в письмах не силен и могу быстро изложить ей все при личном контакте. Уломав ее, я приехал к кинотеатру «Казахстан», где и была назначена встреча одиноких сердец. Большого движения там не было, и после назначенного времени вокруг меня я заметил кружащую тетку лет сорока в нарядной одежде, отдаленно напоминавшую фотографию байдарочницы двадцатилетней давности. Она сделала пару кругов и подошла ко мне — видимо, визуально я не вызывал отторжения. Я сразу предложил ей свой вариант, не скрывая своих мотивов. Байдарочница спросила меня, кто я, какой породы и т.д. Мне стало понятно, что девушка под данным предлогом ищет себе настоящего мужа, она была на этом рынке уже двадцать лет, но я жениться на ней не собирался, хотя не платить было привлекательно, но я был уже обручен и страстью не пылал. Она в конце нашей встречи спросила, почему я так рвусь в

83

Валерий Зеленогорский

столицу, на что я честно ответил, что хочу каждый день ходить на «Таганку» и завтракать сырковой массой с изюмом. Она была возмущена! Неудача не повергла меня в отчаяние. У меня была знакомая администратор гостиницы, где я, приезжая в Москву, проживал в десятиместном номере; мы с ней дружили и читали одни книги. Она порекомендовала мне свою знакомую, которая согласится на это дело. Свидание состоялось на Чистопрудном бульваре в жаркий июньский день около индийского ресторана «Джавалтаранг», было такое яркое местечко! Сейчас там безликий фитнес-центр с тухлым рестораном. Там шла бойкая жизнь: на первом этаже собирались маргиналы из молодежи наркоманской ориентации. Они пили кофе с кардамоном и ели индийские пирожки типа «самсы». Второй этаж был крупным рестораном индийской кухни, где гарцевали миниатюрные индусы и наши девушки, которых не пускали в «Националь», второй эшелон плотского сервиса. Де-

В лесу было накурено

вушка моя пришла и сразила меня наповал своими более чем яркими формами. Я был в легкой рубашке, а выносить бутылку надо было скрытно. Я одолжил у моей гренадерши ее цветной пиджачок, подвернул рукава по тогдашней моде и стал в проходе ждать гонца в буфет. В ресторане в то время был последний блок, который имел решающее значение для тех, кто искал приключений. Этот период был самым неистовым: кто не успевал определиться, был третьим лишним. Прямо расположился большой стол с женским населением, видимо, из соседней организации, отмечающей день рождения замглавбуха. Все были разобраны, а именинница была не востребована. Я целый день был на ногах и ее красноречивое предложение присесть к ней за стол принял в надежде немного отдохнуть. Ноги гудели, и предложение слиться в быстром танце меня напрягло. Я тактично отказался. Эта толстожопая мегера окатила меня ледяным взглядом, посмотрела внима-

Валерий Зеленогорский

тельно на мой легкомысленный пиджачок и сказала: «Пошел вон, гомик!» Я встал, не пытаясь доказать ей, что я иной. Скоро принесли бутылочку, и мы пошли ко мне в гостиницу отметить нашу помолвку. Выпив два стакана, девушка с веслом рассказала о своей немудреной жизни, о своем любовнике из издательства (который впоследствии стал депутатом всех созывов и звездой всего парламента). Я внимательно слушал ее, и она сказала, что ехать за город уже поздно. Я понял, что наступает момент истины: наше каноэ притечет в мою койку, и тогда наш союз будет крепче, чем я запланировал. Ни капли не сомневаясь, я возвел барьер и восстановил статус-кво. Вскоре я произвел желаемое и рассчитался с ней. На «Таганку» я с тех пор не хожу, сырковую массу мне не разрешает есть жена. Вторая жена оказалась самой лучшей. Две встречи, бракосочетание и развод, а между этими деталями сплошное удовольствие и добрые воспоминания.

В лесу было накурено

Теория в практике

Время было темное, бесовщина правила бал, на экранах — Кашпировский, Чумак и прочие. Не остался в стороне и мой друг, московский азербайджанец с красивой и чеканной фамилией — Али Султан-Заде. Человек очаровательный, тонкий ценитель всего прекрасного пола. Он горел на этом огне с утра до ночи; описать его пристрастия можно следующей песней: пучеглазых, озорных, черных, рыжих и глухих, юных и постарше, жен и секретаршу.

Торговля живым товаром переживала зачаточные формы, но бабочка уже окуклилась. Так вот мой друг был пионером одной деликатной сферы, то есть любовь по переписке. Используя личные связи с издателем первой частной русской газеты, он дал историческое объявление: «Преуспевающий бизнесмен желает познакомиться с замужней женщиной для ИНТИМА». После этого

Валерий Зеленогорский

P. S.: «Возможна материальная помощь». Он начал получать до ста писем в день, проводил селекцию и составлял графики полового обслуживания. В это же время появился мужичок из комсомольцев, который объявил о своих уникальных возможностях в методе повышения потенции через выход в астрал. Он предлагал любому желающему за 4 часа занятий уменьшить рефракторный период (расстояние между половыми актами) вдвое за 400 долл. США. Вот такой школой руководил мой друг.

Письма шли, шли и фотографии девушек. Он хранил фотографии в багажнике своего «мустанга» марки «ШХ» Волжского завода. Парень был основательный и вел строгий учет. Пометки на фотографиях были следующие: «исполвел» — исполняет вяло, «исполхорпов» — исполняет хорошо, повторить! Кодирование и шифрование своей второй личной жизни были доведены до совершенства. Обсуждая со мной женщин, он создал

В лесу было накурено

целый язык на автомобильном лексиконе. Например:

— Пробег большой, резина лысая — возрастная, потрепанная.

Или:

— Нулевой пробег, все опции, тюнинговая, сдается в лизинг — молодая модель, все при ней, орально подготовлена хорошо.

И так каждый день. Был еще нюанс, который его отличал от других ебарей кошачих. Он был поэт и платить женщинам не любил. Он являлся автором теории булки хлеба (о ценообразовании на рынке секс-услуг).

Она была гениальна в своей стройности и простоте. Формула $E = MC^2$ меркнет перед ее оригинальностью. Булка хлеба стоит 15 копеек. Зачем за нее платить 100 долларов? Иллюстрируя эту формулу, я вспомнил, как по приглашению олигарха мы приехали в Ханой, где в элитном отеле был огромный клуб с десятками девушек всех мастей. Руководство отеля отметило нас как VIP-персон и

Валерий Зеленогорский

предоставило нам «Бентли» представительского класса с водителем, открывающим нам двери и говорящим на херовом английском. В один из вечеров мой друг сказал мне: «Поедем, я покажу тебе теорию в практике». Он сказал водителю адрес улицы, которой не было в навигаторе его роскошного авто. Мы приехали в тупичок без названия, где цыгане торговали женщинами на вес, гроздьями и пачками. Пара стоила меньше, чем чашка кофе в нашем отеле.

Когда мы вернулись к машине, водитель дверь нам не открывал и смотрел на нас как на людей, укравших у него мечту.

Обслуживание производилось в своих «Жигулях» по следующей схеме: «Курская» — 10.00, «Таганская» — 12.00, «Павелецкая» — 14.00 и т.д. 20.00 — домой в семью к новым подвигам.

Но однажды, переусердствовав на «Добрынинской», он почувствовал себя плохо и попал в 1-ю Градскую с приступом. Он долго

В лесу было накурено

спал после капельницы и, проснувшись, увидел своих близких, которые считывали пин-
коды с его охладевших губ. Он понял, что надо
поменять карты, жить дальше и беречь себя.

По Кольцевой он больше не работал —
перешел на радиальную.

Между нами Иордан...

Выборы — это не русская забава. Выбор
нам не нужен: мы выбираем сердцем, раз и
навсегда. Провел я как-то ночь в доме Бреж-
нева, в последнем его пристанище. Домик так
себе, слабенький. Земли много, архитектура
казарменная, без излишеств, — только до-
рожка ковровая, зеленая с красными краями,
а так ведомственный пансионат для начальников главков. Скромность и аскетизм явля-
ются стилем той эпохи. Человек царил на 1/6
части суши, а жил, как сегодня зампрокурора
жить не станет. Жалко Леонида Ильича, не
дожил до лучшей доли.

Валерий Зеленогорский

В выборах я принимаю участие с 1991 г., прошел путь от краха «Выбора России» до краха СПС. Все избирательные кампании, в которых я принимал участие, проиграли — ни одной осечки! Видимо, я государственник и сторонник монархического устройства России. Технологиями владеем, фокус-группы, социология, черный пиар — весь набор, а вот осечка за осечкой. Имиджмейкеры, спичрайтеры — но из комсомольской хари человека с либеральными ценностями не получается. Харя получается, а лицо нет. А народ у нас чуткий! Если две хари участвуют, то выбирают менее противную по принципу: противная харя, но своя, не московская.

Так вот лучше назначать менее противную и привычную. В тот раз выборы были президентские, мы за либерала были против сатанинской власти дерьмократов. Кандидат хорош был; интеллигент, человек тонкий, ранимый, только вялый какой-то, из отличников. Я отвечал за поддержку кандидата группой твор-

В лесу было накурено

ческой интеллигенции. Работали две группы: моя, театральные аксакалы, конкурирующая группа — политтехнологи, которая подогнала деятелей эстрады третьего эшелона. Самыми яркими из них были юморист, рассказывающий чужие анекдоты, и певец азиатского происхождения. Первый город, где мы начали тур общения с народом, был Нижний Новгород. Кандидат нервничал, народа сам боялся: ему были ближе наукограды и закрытые НИИ. В аэропорт нам подали два членовоза из гаража бывшего обкома, уже не такие мощные, но тем не менее кресла в них были расположены друг напротив друга. С одной стороны сели мои народные, напротив — я. Тут заглянул юморист и сел рядом со мной. Оценив экспозицию, я заметил, что с одной стороны сидят русские, а с нашей с юмористом — семиты. Я сказал: «Между нами Иордан». Русские засмеялись, юморист нет. Я удивился: оказалось, что юморист православный и шутка для него была некорректной.

Посетив Сормовский завод, где люди в робах вогнали нашего кандидата в краску, мы поехали дальше. В наш членовоз заглянул певец, сын Центральной Азии, и сел на откидное кресло рядом с русским деятелем культуры; композиция усилилась. Я заметил, что между нами не только Иордан, но и Амударья. Деятели эстрады вышли и больше в наш членовоз не садились.

Дальше были другие встречи, рейтинг наш не рос, власть не пустила нашего кандидата, и мы в очередной раз проиграли, но денег заработали.

Брэнда Рассел и Паскаль Лавуазье, или Путешествие в Амстердам

Несколько лет назад в составе олимпийской сборной мы выехали в Амстердам для ознакомления. В составе сборной были мини-олигарх, поэт, артист, историк и я, человек

В лесу было накурено

без имени. Приняли нас по-царски. Гостиница «Европа» с программой VIP. Прибыв в Амстердам, поэт повел меня в квартал красных фонарей, и то, что я увидел, меня потрясло. В кабинках за витринами сидели двухсоткилограммовые черные тетки с целлюлитом от верха до низа. Поэт сказал, что он завел меня не с той стороны: это финальные клетки для специалистов. Я специалистом не был и навсегда потерял интерес к массовой застройке.

Оправившись от шока, я стал готовиться к вечерней программе. Ожидалась прогулка по каналам, посещение Храма любви, ужин «три звезды», далее казино и наркопритон.

Вечером мы спустились в роскошный кораблик с седовласым капитаном в белом кителе. Холодная водка, икра, девушка на арфе — вот представление голландцев о русском шике. Основным деликатесом прогулки была переводчица; ее звали Олекса, она иммигрировала в конце 80-х и выглядела вос-

Валерий Зеленогорский

хитительно в своей кожаной куртке с рынка Кременчуга, купленной перед выездом. Олекса глядела на всю роскошь на корабле и сожалела, что мы не пригласили Аркашу с аккордеоном из Одессы для веселья. О себе она говорила, что счастлива в Амстердаме, ее дети дружат с королевской фамилией. Проплывая по каналам, она показала нам свою квартиру, где в столовой мы разглядели телевизор «Рубин» и набор «Гжель» (в Голландии на окнах нет штор).

Мы причалили возле огромного здания, горящего огнем, как Большой театр: это был шикарный публичный дом в стиле арт-деко. Нам устроили кастинг из тридцати девушек, но в это время дня они нам не понравились. На выходе хозяин попросил нас заплатить за вход. Мы были против, назревал международный скандал, и тогда поэт сказал хозяину, что билеты продают на входе, а не на выходе. Он обиделся, но отступил. Следующим пунктом был роскошный ужин в тронном зале

В лесу было накурено

какого-то дворца. После ужина Олекса стала пользоваться вниманием мужской олимпийской сборной, поэтому вызвала на подмогу подругу Инну. Она также была в кожаной куртке с рынка Кременчуга, хотя Олекса сказала, что ее муж был миллионер. Она была немного «побитая молью женщина», которая дает в службу знакомств фотографии двадцатилетней давности похода на байдарках по Днепру.

Мы отправились в центр Амстердама в театр. Это был эротический театр с программой, где показывали полноценный половой акт. Было скучно: театр представлял собой сельский клуб с вручением на входе по бутылке пива и представлением-шоу для стран, где секс является государственным преступлением.

Мы с олигархом вышли на улицу, потому что из всех театров предпочитали рестораны. В это время артист, который только что долбился на сцене по-настоящему, переходил

Валерий Зеленогорский

через дорогу в другой театр. Олигарх высказал подозрение, что артист устал и в другом шоу будут долбить его.

Дальше было казино; здесь ничего неожиданного не было. Олигарх засадил 250 штук и не грустил совсем — время было такое. Прогулка по ночному Амстердаму закончилась в наркопритоне «Сан-Франциско», где нас охраняли два джипа, наши машины вызывали уважение у простых голландцев. Внутри притона ничего интересного не было: обкуренные маргиналы, и все. Вернувшись в отель, все разошлись по интересам. Поэт пошел с Инной к себе, он любит этот тип теток и знал, что отказа не будет. Артист был пленен Олексой. Она забыла о детях и решила сорвать цветок любви с артистом, которого она видела в кино 1975 года.

Мы с олигархом сидели в его президентском номере. Время было тяжелым, он был недоволен: стал говорить, что надо бы девок позвать, но местные говорили, что девушки

В лесу было накурено

его уровня уже спят или выехали к султану Брунея. Он напрягался, и я решил его как-то утешить; позвонил в ресепшн и сказал на своем скудном английском, что я хочу блэк энд уайт, имея в виду блондинку и брюнетку. Через час карлик-консьерж привел черную и белую. Черная была не совсем черная — она была с острова Суматра и училась в университете, белая была роскошная лошадь кустодиевских форм с ленивыми жестами. Их звали Брэнда и Паскаль. Мы же дали им новые имена: Брэнда Рассел и Паскаль Лавуазье (Паскаль училась на химика). Я давно хотел попробовать черную но, видимо, долго ждать нельзя. При выключенном свете Брэнда Рассел не отличалась от девушки из Рязани ничем. Мечта оказалась фальшивой.

Мой друг, раздевшись, вышел к Паскаль во всей красе. Он был всегда о себе особого мнения и говорил, что у него самый лучший член в Средней Азии. Увидев его, Паскаль крикнула: «Анаконда! Анаконда!» — так она

Валерий Зеленогорский

определила его красоту. Призвав черную сестру, они вместе укротили анаконду. Стали подтягиваться и другие члены сборной. Артист был грустен: видимо, кино 70-х его уже не возбуждает, да и поклонницы, которым 40, — это уже не тот коленкор. Поэт с удовольствием разглядывал разноцветную парочку и попросил на сдачу черную. Он бы взял и белую, но мы решили, что артисту важнее.

На утро были запланированы галерея Рембрандта и обед в национальной деревне. Мы с олигархом манкировали поездку и даже отпустили огромный «Стретч Мерседес», пошли пешком по каналам Амстердама. Съели на улице селедки и двигались по городу в поисках алкоголя. Пришли к симпатичному домику, вывеска которого говорила: «Кофе-шоп». Я подумал, что как раз здесь мы и ебнем водки. В кафе было тихо, два чувака играли в бильярд, у бара сидела американка с прозрачно-чистыми глазами и курила.

В лесу было накурено

Я подошел к стойке и спросил дринк. Бармен сказал, что здесь не пьют, а я сказал: «Human rights!» Бармен подал меню, где был весь ассортимент 12 видов гашиша и позиций 20 трав — мы обалдели! Ни я, ни мой друг никогда не курили и не употребляли, но пришлось. Мы выбрали номер наугад, и нам дали по две сигареты, мы закурили.

Олигарх начал активно затягиваться и говорил мне, что его не берет. Бармен лениво заметил: slowly (не так быстро), но мы уже полетели в мир грез. Я свое ощущение помню так: «Будто в голове стало пусто и я стал ощущать, что верхняя часть черепа повисла на облаке дерьма». Через три минуты мы были в жопу, ноги стали ватными, и я чуть не упал. Встретив в городе артиста, который с восхищением рассказывал о Рембрандте, мы смеялись и сказали, что потеряли наркотическую девственность. Оставшиеся косяки мы попросили передать поэту, консьерж положил косяки на золотой поднос и пошел к поэту. Когда поэт увидел посылку, он охуел, стал отказываться, заподозрив провокацию. Он был ебарем, а мы хотели сделать его наркодилером. Советское воспитание победило, он заявил протест администрации и переехал в гостиницу рядом. Путешествие закончилось, и все уехали к олигарху в лондонский дом.

Бар, вишенка, или В шаге от джекпота

Азартные игры никогда не были моим сильным местом. Я не играл в домино, но подростком попробовал играть в карты. Народ играл тогда в несколько самых топовых игр: сека, бура, очко. Я играл в очко — правила простые, результат скорый. Играли в карты в основном на пляже мужчины с эксклюзивными рисунками, играли с утра до ночи; я тоже прошел через их конвейер и проиграл аванс, честно заработанный на швейной фабрике, о чем и доложил дома. Денег было жалко,

В лесу было накурено

но пиковая дама еще не пришла. Через несколько дней я ехал с отцом на футбол, и он в разговоре с толстым капитаном милиции спросил, что ему будет, если он убьет своего сына за карты. Капитан, не моргнув, ответил, что ничего. Это вылечило мою игроманию на много лет вперед. В институте люди играли в преферанс, но меня эта сторона жизни не трогала. Уже много позже я слышал, что есть катраны, каталы, гастролеры, шахматисты, играющие в карты по крупным ставкам, что карточный долг — святое и т.д. Меня это не касалось.

После победы демократии вскрылись язвы порока и страсти. Платная любовь, выпивка в широком ассортименте и, конечно, игра в наперстки, лотерею, финансовые пирамиды, выборы — ставить можно было на все. Когда в «Ленинградской» открылось первое казино, не все поняли, какой ящик Пандоры мы открыли. Меня привел туда мой приятель, который бывал уже за рубежом и знал, что такое рулетка, блек-джек и покер. Собрание персонажей в «Ленинградской» было достойно пера Гоголя (Достоевский бы не справился, сам шпилил! Тут не до писанины, только успевай поворачиваться). Мой товарищ играл тогда по системе: было модно разрабатывать систему игры, и это была пора новообращенных, не знавших историю вопроса.

Мне там было скучно, я смотрел не на стол, а на людей, поселившихся в этой новой реальности. Остановило наши посещения с другом следующее обстоятельство. В какой-то вечер один из посетителей положил на стол гранату и сказал, что будет играть по следующим правилам: если он выигрывает — он забирает, если выигрывает казино — это не считается. Так они и играли. Мой товарищ тоже хотел так играть, но реформатору азартных игр это не понравилось, и он, сняв гранату со стола, положил ее моему другу на колени для равновесия его нервной системы. Я представил его с оторванными яйцами и себя рядом

В лесу было накурено

с ним и понял, что это будет нашим последним джекпотом.

Следующим заходом в тему стало открытие «Метелицы» на Новом Арбате; это уже было началом московского Лас-Вегаса! Потом на этой улице почти весь первый уровень станет линией страсти, а тогда это была первая ласточка. На Западе игорные заведения в своем большинстве находятся вдали от мирного населения, в пустынях, на кораблях в акватории портов, за городом, в курортных зонах и т.д., в России же все наоборот: на спецтрассе, где каждый день ездит царь, вся улица сияет днем и ночью, как Атлантик-Сити. Видимо, в этом особый путь России. Люди по Арбату больше не ходят — нет смысла; вся динамика улицы ушла в игровые залы без часов, где всегда день и всегда открыты кассы для сдачи крови. Появились новые профессии: дилер, крупье, питбос и другие обслуживающие машины по отъему денег. Это была новая генерация людей особой заточ-

Валерий Зеленогорский

ки. Сутки напролет перед ними проходят сотни людей, добровольно приходящих отдать свои денежки и при этом требующих за это не только выигрыша, но и сочувствия, поощрения. Молодые, красивые ребята, строящие свои карьеры, приходят туда на время, чтобы поддержать свое материальное положение, а взамен разрушают себя морально и нравственно. Они мне кажутся санитарами в морге, каждый день видя такое, что нормальному человеку не в жилу, и даже привыкают любить игроков-покойников, особенно за чаевые. Проходит безжалостный калейдоскоп взлетов и падений, вспышек, озарений и финального фиаско. Утро, слепящий свет, во рту пожар, в кармане зеро и еще долгий путь к дому, где ты не был три то ли пять дней, где тебя ждут уже не вопрошающие глаза, а просто пустой взгляд: «Ну когда же ты сдохнешь со своей игрой и оставишь нас в покое?» Разговаривать не о чем, ты можешь спать, а в голове твоей отчет о проведенной ночи,

В лесу было накурено

где всплывают игровые варианты. Вот здесь надо было встать, здесь — поднять ставку. Анализ, анализ, выработка стратегии! Надо было остановиться тогда, когда был в плюсе, но плюс бывает разный. Ожидание большого плюса приводит к большому минусу. Остановиться вовремя — вот формула; такая же неизвестная, как недоказанная теорема Ферма, за которую можно получить много денег и тут же засадить их в казино.

Путешествие в пучину происходит постепенно. Сначала вы случайно приходите с другими людьми и сидите рядом, попивая бесплатные напитки, оплаченные стократно уже сидящими на игле, потом делаете ставку из выигрыша вашего товарища, рационально предполагающего, следуя теории, что новичкам везет, потом и так хорошо, и время провел, и пару сотен срубил на шару, и вот вы уже готовы! Клиент созрел. Вы идете сами, аккуратно, без фанатизма, поиграть — вы же не больной, как они. Для вас это не больше чем раз-

Валерий Зеленогорский

влечение, но вы уже в ловушке. Результат не имеет значения: если вы выиграли, то завтра вы пойдете, если нет — то завтра вы не только пойдете, а побежите, чтобы вернуть вчерашнее и поднять, но клетка уже захлопнулась. Теперь вся остальная жизнь для вас не более чем декорация ваших посещений туда. Семья, работа, общение с друзьями, особенно неиграющими, — все побоку! У вас появляются новые друзья, новые связи. Вы будете каждый день видеть других девушек с картами и шариком в руках, и эти девушки заменят в вашей голове всю старую галерею образов на новый паноптикум их лиц, а особенно рук. Руки в казино — это самый эротичный орган, самое главное причинное место, из которого вылетают в ваше сердце отравленные стрелы с ядом или нектаром. В казино вы всегда видите две категории. Первая — уже проигравшие, которые делают ставки у себя в голове, пьющие и жующие «бесплатную» подачку от хозяев. Есть те, кто не играет вообще, уже все дав-

В лесу было накурено

но проиграли, они уже на пенсии, денег нет, взять негде, но казино выдало им пенсионную карту игрока, которая позволяет им пить и есть за счет заведения. Данная карта имеет огромный целебный эффект. Для того чтобы вернуть деньги проигранные, нужно прожить многим от 200 до 3000 лет. Они уже не играют, но дают советы, как ставить, тем, у кого есть деньги. Они напоминают импотентов, подглядывающих за спариванием самцов и дающих советы кобелям, как покрыть суку. Кобелям советы не нужны, им нужны суки. В какое-то время после долгого опыта игры в рулетку я понял, что играть с живым дилером довольно противно. Все время кажется, что тебя долбят. Можно, конечно, после поражения выпускать пар и говорить все, что ты думаешь о нем, о его маме, папе, неродившихся детях и т.д. Но я решил устранить человеческий фактор. Учитывая, что дилер не имеет права отвечать игроку на его хамские заявления, условия получаются неравноценными, тем более их взгляды,

Валерий Зеленогорский

полные классовой ненависти, не располагают к контакту, я перешел на игровые автоматы. Они из деревенских погремушек на вокзалах посредством глобальной компьютеризации превратились в многоуровневые игры с шикарной графикой, видеомузыкальным оформлением, то есть стали более приятными во всех отношениях, чем гадкие дилеры. Игровые автоматы существуют около ста лет и прошли путь от механических колесных до электронных, где комбинацию выбирает генератор случайных чисел. Еще одно явное преимущество аппаратов, что ты играешь один; тебе не мешают партнеры за столом, никто не влияет якобы на твою игру, и все проходит в темпе, который ты сам и задаешь. Я не знаю, есть ли в конструкции аппарата какой-то спецприбор, направленный через глаза в мозг, но слияние с железным ящиком, где хаотично прыгают фигурки, зверушки, фрукты, овощи и прочая дребедень, забирает тебя всего и вырывает из действительности. Я слышал рассказы людей

В лесу было накурено

о том, что их забирали инопланетяне на свои тарелки, так вот мне кажется, что игровая индустрия — это инопланетная экспансия и мы, люди, являемся жертвами инопланетян, а не собственных страстей.

Игровые аппараты не требуют никакой игровой квалификации, уровень образования, культуры здесь ни при чем. Для игры нужен всего лишь один палец и деньги в достаточном объеме. Для постороннего человека вид другого, тыкающего пальцем в светящиеся клавиши, не вызывает ничего, кроме удивления. Вообще мир игроков и остальной мир — это разные планеты. У меня был знакомый художник-постановщик. Я с ним в разное время делал какие-то проекты; близких отношений у нас не было. Но когда однажды ночью я встретил его в «Ударнике» в «Суперслоте» в пять часов утра, где он долбил уже больше суток, мы обнялись как родные и два часа до утра рассказывали друг другу о своих победах и поражениях. Это был разговор людей посвя-

Валерий Зеленогорский

щенных, людей одного ордена. В другом случае я выполнял работу с очень талантливым маститым режиссером, мировой знаменитостью, который был человеком надменным, никого к себе не подпускал. Мы встретились с ним в аэропорту Франкфурта, где есть казино. Он забежал туда между рейсами и стал долбить в автоматы. У меня отлегло от сердца, и мы с ним мило пообщались. Иногда я вижу его самозабвенно играющим. Кто-то говорит, что удел игроков — это несостоявшиеся люди, не реализовавшиеся в бизнесе или творчестве. Это совсем не так. Список людей играющих из российской элиты составляет не одну сотню — от бывших звезд номенклатуры до звезд бизнеса и сцены. Предлагаю к описанию один день жизни человека, который играет, проснувшись утром в состоянии невменяемости, вспоминая, как он играл, проиграл. В кармане пусто, ждешь дня, где возможны какие-то варианты, беря деньги из тумбочки, понимая, что сегодня решающий день. Побед не было

В лесу было накурено

уже три недели, сегодня — наш день, надо ударить крупно, поднять и остановиться. План ясен, надо действовать, но медленно, со вкусом. Встать, долго бриться, стоять в душе, готовиться к бою. Бой, естественно, не на жизнь, а на смерть, понимая внутри себя, что это бой с тенью. Но на улице свет, в душе свет, а тень ушла спать до своего времени.

Легкая разминка в бомжатнике, аппараты у метро, грязновато, неудобно, много всякого народу. Бабушка, сунувшая сто рублей и играющая по минимальной ставке с белым от волнения лицом, сбившимся платком. Для нее сто рублей — как для олигарха миллион. Патрульные ДПС с рацией, которая постоянно верещит о дорожных проблемах, — им по барабану, долбят на отнятые у водил деньги. Они не очень волнуются: не хватит денег, пойдут на улицу и еще соберут. Южный человек с горящим взглядом колотит по максимуму и орет по телефону, куда везти помидоры. Два подростка с завистью и злобой глядят на него и думают: вот бы грохнуть его и поиграть в свое удовольствие. Две рыхлые тетки без возраста, которым автоматы заменяют все — мужа, детей, любовников, — доводят себя до полного оргазма этим немудреным способом. Все здесь получают то, что хотят. Славу, почет, уважение, раскованность — все, чего кому не хватает, кроме богатства, чего нет, того нет. Ну а что есть, тоже немало. Тут же и я, тренированный, опытный боец с преимуществом лишь в том, что я на минутку зашел размяться перед крупным боем на другой площадке. Итак, к бою, легкая разминка на любимых «помидорах» и «дельфинах», ставки средние, проверка боем. Не прет, ну ладно, перейдем на другие ставки, покрупнее — тоже не прет. Внутри уже включается машинка: «Что за хуйня? Где игра?» Деньги распределены по трем местам: первой, второй, третьей очереди. Запланированные расходы первой очереди уже сданы. Сигареты меняются одна за одной, никакой вальяжности.

В лесу было накурено

Стоим перед аппаратом, глаза горят, не прет, и тут начинается бешенство, кровь в мозгах, оцепенение, клинит наглухо. Ах, как начинался день! Какие планы, какие горизонты?! Ура, прогресс! Чуть-чуть получил отдачу, все силы туда, ставки вверх — пора побеждать. Успех сливается с мигом, и вот уже опять все тоньше осталось бумажек в кармане второй очереди. Нужно бы перейти к другому аппарату, вдруг он даст? Но нет, хочется поймать с этого, ведь он не отдал ничего существенного и вот-вот должен начать. Цикл заканчивается, должен прийти новый цикл. Мозги уже не варят, а картинка выплывает следующая: где-то в Силиконовой долине США бывший эмигрант из г. Черновцы, составляя программу данной игры, заложил алгоритм, который приводит к краху всех этих мудаков, которые хотят выиграть. Он должен слепнуть у экрана за сраные три тысячи долларов и постоянно жить в кредит: машина, дом. Видение уходит, слава богу, пришел бонус в красивой комби-

Валерий Зеленогорский

нации, дал хорошо, и я слегка в плюсе. Можно и передохнуть, перевести дух. Но нет! Не теряем темп, товарищи! Сейчас попрет, вот наш Цикл. Ура!

Через минуту сценарий меняется, фарт закончился, мы опять в минусе, и опять бычьи глаза и сигареты обжигают пальцы, ноги гудят. Три часа на ногах как одна минута. Деньги зарабатываются медленнее, чем тратятся. Телефон во время игры — враг номер один. Звонит всегда не вовремя, вырывает из процесса. Нужно срочно поменять градус и ответить равнодушно, что перезвоню позже, слегка прикрыв ладонью микрофон. Кругом же столько компрометирующих звуков. За это время игровая ситуация изменилась, ты отвлекся — деньги испарились из-за этих звонящих мудаков.

Нужно бы свалить, ехать на настоящий ринг, где шансов больше. Но ноги прибиты гвоздями неудач. Как уйти, нужно же отбиться, а потом уже дальше к сияющим вершинам!

В лесу было накурено

Третья очередь (последние деньги), которая должна рационально изменить ситуацию по формуле «Или пан, или пропал». Игрок — это раб, и он играет с паном в одни ворота, то есть ты всегда пропал. И если не сегодня, так завтра, а если не завтра, то послезавтра. Все кончено — ты все засадил, никуда не поехал: не твой день, не твоя ночь, мудак. Домой, опять анализ, теория вероятности, короткий сон и снова в бой, покой нам только снится.

И каждый день мы в шаге от джекпота!

Дельфины шоу-бизнеса

В жизни народа очень много разговоров о певцах, артистах и прочих мастерах художественного свиста...

Нормальные, вполне состоявшиеся люди глупеют, когда за свои деньги нанимают звезду, платят ей, а потом сидят за одним столом и решают вопрос мироздания. Я всегда удивлялся: почему жизнь какой-то Маши Кудлаш-

Валерий Зеленогорский

киной и ее сожителя интереснее собственной жизни? Ни у кого не возникает желания после обеда пригласить официанта за стол и поговорить с ним за жизнь! Я понимаю выпить со своим врачом, юристом, но вот какого черта все, от уборщицы до олигарха, умирают, как хотят знать, что чувствует Пугачева в день бракосочетания с Ф. Божественным! Наверно, свет рампы ослепляет зрителя настолько, что человек, говорящий не своим голосом и представляющий выдуманную жизнь, так интересен окружающим.

Более нахального и мелкого люда, чем наши артисты в большинстве своем, я не знаю до сих пор. Жизнь их тоже не сахар: сначала путь на олимп, где ты всем обязан, морально зависим, потом призрачный успех, месть тем, кто видел твое унижение, новое окружение, где твои фантазии некому проверить, потом закат, и напоследок байки, как ты гремел, собирая стадионы и Дворцы спорта. Ну, поет человек, не Леонардо, не Рафаэль — чего же

В лесу было накурено

следить за его каждым вздохом или пуком? Ах, вчера он был в белом, а сегодня — в синем; был замечен на концерте у своего коллеги, на юбилее «20 лет вместе», и что? Вот так и ходят они друг к другу на перекрестное опыление.

Я совершенно случайно пришел в этот шоу-бизнес уже зрелым человеком, около сорока лет. Рухнула система концертных организаций в конце девяностых годов, и любой человек мог организовать гастроль любимому артисту. Мои друзья из города детства попросили меня пригласить каких-нибудь артистов на городской праздник, посвященный 1 Мая. Я работал в НИИ, руководил сектором, имел опыт проникновения в театры, а эстрада мне не очень нравилась, песни о далекой и светлой жизни как-то не входили в мой быт. Песни нравились не совсем цензурные, а их люди в Кремлях не пели. Я в какой-то день посмотрел на афиши и решил, что надо бы пригласить Кобзона. Пришел я на служебный вход зала «Россия» — никаких секьюрити то-

Валерий Зеленогорский

гда и в помине не было, — прошел на сцену, где репетировал Иосиф Давидович. Он стоял у рояля и пел. Дождавшись паузы, я изложил ему просьбу своих друзей. Он спокойно выслушал меня, никуда не послал и сказал, что гастролями занимается его директор. Я не знал тогда, что у человека может быть директор; в бане, на заводе — это мне было понятно, но директор у человека — очень смешно! Кобзон показал мне на усталого, задерганного еврейского мужчину, который больше походил на доктора в районной поликлинике, чем на директора большого человека. Директор сказал, что у них все расписано: Кремль, Колонный зал, Барвиха — надо было раньше думать. Я стал прощаться, но он задержал меня и посоветовал обратиться к директору Лещенко, дав мне его телефон. Мы вели долгие разговоры с этим директором, наконец все сладилось, я приехал в город детства, Лещенко спел, получил деньги, и я за два выходных заработал одну тысячу рублей при зарплате в

В лесу было накурено

месяц 180,0 руб. После Лещенко были другие мастера жанра, и в конце сезона меня пригласил на постоянную работу администратора известный маэстро. Слава в тот момент у него зашкаливала. Зарплату мне дали 600 руб., и я сказал в НИИ, что иду работать в советско-швейцарское СП, и попрощался с народным хозяйством, которое вскоре развалилось. На дворе был 1987 год, год перемен — «Перемен требуют наши сердца» пел идол с раскосыми глазами. Маэстро жил в центре, напротив Старой площади, в двухкомнатной квартире. Открыл он мне дверь в трусах. После легкого общения он спустил трусы и показал мне свой член на предмет исследования на наличие триппера. Я слегка охуел, но опыт диагностики данного заболевания у меня был. Глаз не подвел, это был мнимый триппер, что подтвердил последующий анализ. День начался нехило, пролог удался. Следующим пунктом была встреча с крупной партией валюты, которую маэстро желал приобрести для

Валерий Зеленогорский

укрепления своих позиций. Я понял, что ст.88, часть 2 УПК уже на горизонте. Я должен был сыграть роль покупателя. Маэстро передал мне сверток в газете, полный красненьких пачек тысяч на двадцать. Менялы пришли через час, я показал им наличность (курс тогда был 3 к 1). Денег у них с собой не было — это была пристрелка. Много лет спустя на каком-то приеме я встретил этих двух банкиров, уже легальных, и они с почтением пожимали мне руку, подмигивая мне, как серьезному клиенту из благословенного прошлого. Маэстро постоянно звонил кому-то не переставая, по списку дел, которых было, по-моему, штук тридцать. Потом мы поехали в колбасный магазин, где директор одарил любимого артиста копченостями; мне также перепало микояновских деликатесов. Вечером планировался ужин в «Узбекистане» в кабинете, где маэстро принимал двух будущих министров обороны и одного президента Кавказского региона. Я был за столом для расчета и разруливания

В лесу было накурено

экстремальных ситуаций. Маэстро тогда был в завязке, пил кока-колу, а я выполнял роль его горла. Пить в это время я еще не умел, а офицеры глушили в темпе скорострельной бортовой пушки. Часам к десяти я держался только на чувстве долга, два раза бросал харч в местном туалете — организм боролся с интоксикацией. Разговоров я не помню, по-моему, обсуждалась проблема награды нашего артиста орденом. Генералы после четырех литров на троих уехали в действующую армию, а я, артист и будущий президент поехали в ночной бар гостиницы «Россия», где зажигали люди под цыганские напевы. Все закончилось часов в пять; я доехал до дому и упал возле двери бездыханный. Вот тебе маза фака шоу-бизнес! Ровно в семь утра мне позвонил маэстро и стал читать план на сегодняшний день и скомандовал прибыть через час на ул. Серова. Я прибыл — он был свеж и бодр, а я хотел умереть. Мне было торжественно заявлено, что я тест прошел. Мне было

Валерий Зеленогорский

поручено новое испытание — начать ремонт квартиры на Тверской, вырванной у Моссовета в результате большой и многовариантной борьбы. Маэстро мог купить, но получить в цековском доме бесплатно — это было важнее звания Героя Социалистического Труда. Сделать ремонт при советской власти было делом архисложным: ничего не было, людей нанимать нельзя. Была одна организация на всю Москву, называлась, кажется, «Ремстройтрест», которая делала ремонт в пределах выделенных фондов. Маэстро привел меня туда, поторговал лицом, и руководитель треста дал команду своим людям оказать содействие. Денег артист не жалел; финские унитазы были по разнарядке только членам Политбюро, но мы вырвали два посредством интриг, подкупа и фальсификации акта о ДТП с грузовиком унитазов для секретаря ЦК. Плитка «розовая пена» тоже была добыта в результате хищения группой мошенников из фондов УПДК для ремонта квартиры посла

В лесу было накурено

Уганды. И так до последнего плинтуса. Мебель тоже была сложной позицией. Сегодня проще получить «Майбах», чем комплект кожаной финской мебели белого цвета. Давали вишневую, но хотелось белую! Заказали и то и это — и в результате маэстро получил два комплекта: себе взял белую, а мне впарил вишневую за три номинала; жена моя была счастлива! Ремонт был сделан в рекордные сроки — на очереди был переезд родителей артиста в Москву, и я понял, что второго ремонта я не переживу. Не хотелось терять квалификацию, и я попросился на гастроли, ближе к искусству, ближе к сцене. Мы поехали на несколько недель на Урал, где, переезжая каждый день из города в город, дарили свое творчество жаждущим. После концерта был ужин с почитательницами таланта. Были города, где проституция еще была только в проекте, и тогда артист посылал нас в город на поиски. Когда не было девушек, он нервничал, злился, жаловался на судьбу, желал все

Валерий Зеленогорский

бросить и уехать в Москву первым рейсом. Человек он был неплохой, отходчивый, но капризный, как ребенок, в общем — артист. В каком-то городе что-то не заладилось; воды горячей нет, дубленок на базе универмага не дали. В два часа ночи мне позвонил артист и сказал, что хочет апельсинов из Марокко. Мы находились в Челябинске зимой, и в Марокко о желаниях звезды никто не догадывался. Я вяло возразил, что в два часа ночи и яблоко не найду, но ответ был не принят. Я начал работать по заданной теме: поднял полгорода, и где-то часа в четыре мне привезли две сетки по четыре апельсина. Я понес эту драгоценность, проклиная любителя экзотики. Он ждал, я положил на стол товар и собрался идти спать, но был остановлен замечанием, что апельсины какие-то вялые. Я забрал их со стола и пошел в ванную для санобработки; помыл их слегка, помочился на них и сложил их в блюдо на столе. Больше я с артистом не работал, ушел на вольные хлеба и стал продюсером фестивалей. Работа на артиста, где он твой непосредственный начальник, — это не для меня. Потом было много всяких историй, но эта, начальная, стала хорошей базой для понимания этой сферы. Нельзя серьезно относиться к людям, изображающим чужую жизнь; их надо или сильно любить, или бежать от них как от чумы.

А в целом эта работа не хуже и не лучше других. Кайлом махать на заводе гораздо труднее!

Ужин с дураком

Собрались мы как-то с товарищем выпить после праведных дел.

Встречались мы редко, но связь между нами была, без ежедневных перезвонов — просто он был человеком, который держится в голове постоянно. С годами тяга к людям ослабевает, энергия для общения с чужими людьми уходит. Старые компании надоели,

Валерий Зеленогорский

все истории рассказаны. Новые люди уже не нужны, а иногда и опасны. В конце концов остается несколько человек, с которыми за столом сидеть не противно, выпивать можно только с приятными людьми. Мой товарищ был одним из них. Место было выбрано правильное, не пафосное, где за водку и селедку не берут 100 у. е., а цена и качество — в балансе; противных девушек, как в «Галерее» и «Вог-кафе», там не бывает, только солидные люди, которые пришли выпить и поговорить.

Когда принесли боевой комплект: водочку, селедочку, капусту и пиво, — случилось худшее, что бывает, — за стол вломился приятель моего товарища, пьяненький и громогласный, то ли банкир, то ли продюсер, ну, в общем, плут. Он был еще с женой, сухощавой кобылой с подпалыми губами и глазами травленной неоднократно крысы, уставшей за тридцать лет жить с этой тварью, цену которой она знала хорошо. Жила она с ним по инерции, ради детей, и цепко охраняла нажи-

В лесу было накурено

тое. Можно было бы отравить его по-тихому, но грех на душу ей брать не хотелось. Так и жили они душа в душу до полного изнеможения. По студенческой дружбе его взяли в корпорацию, он занимался всем — от TV до благотворительности. Самым большим его достоинством была фамилия: то ли Трубецкой, то ли Суворов — он и вправду был потомок старинного рода и в период реставрации монархии был востребован новыми дворянами, которых он крестил и давал титулы направо и налево за заслуги перед будущей империей. Стоило это недорого: лента, сертификат под стеклом — вот и все дворянские почести.

Граф, новый наш друг, уже ни есть, ни пить не хотел, но наше общение отравил нам совершенно виртуозно. Он был из тех гостей, которые приходят за стол перед подачей горячего и уходят сразу после десерта — сам поешь, а платить не надо.

Мы с товарищем начали выпивать. Граф как-то уговорился выпить рюмочку и подце-

Валерий Зеленогорский

пил грибочек из моей тарелки. Худшее, что
может быть для меня за столом, — это когда
в моей тарелке кто-то гуляет. Этого я не могу
простить даже жене — грибов я уже не хотел. Видимо, Граф в молодости нуждался, и
тяга к чужим тарелкам закрепилась, несмотря
на то что он мог себе позволить купить весь
Дом кино, в ресторане которого побирался по
чужим столам многие годы. Говорил он как-то
неаккуратно, нечетко, блудил и скакал с темы
на тему. В молодости его увлечения были ха-
рактерными для детей начальников. Он при-
торговывал иконами, обирая старух Русского
Севера, самоварами, орденами, а потом впа-
ривал. Самостоятельным охотником за ценностями он не был — был на подхвате у одного барыги и русского писателя, который был
страстный коллекционер и патриот. Близость
к писателю позвала его на литературное по-
прище. Он писал графоманские стишки в стиле позднего Андрея Белого и раннего Саши
Черного, носился по редакциям, заводил зна-

В лесу было накурено

комства, пил в «пестром» кафе ЦДЛ и даже переспал с поэтессой с Алтая для погружения в мир литературного процесса. У него была всего одна публикация в журнале «Смена», где он выступил с проблемным очерком о недостатках культурного обслуживания строителей БАМа. Самым главным результатом этой публикации была одна строка в рецензии известного критика, где по поводу его херни было сказано: «Автор искал вдохновение не у той реки...» Граф показывал ее всем и намекал, что он попал в невыездные, его запретили печатать, он стал «литературным власовцем» и готовился к высылке из страны. В те же годы он написал пьесу «Под маской» о разведчике, работавшем в абвере и через совокупление с дочерью Геринга получавшем бесценную информацию. Пьесу зарубили, и в результате, по словам Графа, Ю. Семенов украл у него идею и сделал своего Штирлица. Особенно жалко было Графу лирическую линию любви Геринга и девушки из Липецка,

Валерий Зеленогорский

где Геринг тренировал пилотов люфтваффе до войны. По легенде, Липецк ни разу не бомбили в войну — любовь сильнее смерти.

После первого литра Граф начал рассказывать о своих проектах. Особенно я запомнил его историю об артисте, который уже несколько лет морочит голову всей стране рассказами о том, «как он съел собаку». Мы с товарищем могли не согласиться с высокой планкой этого дарования, считая, что это не более чем студенческий капустник и что эту собаку мы съели еще тридцать лет назад; сегодняшние обожатели этого фиглярства не знали, кто такой Ираклий Андроников, а жанр байки не должен получать премию «Триумф». Распоясавшийся культуролог стал задевать священных коров, заявив, что «Амаркорд» Феллини — говно и весь Феллини тоже говно. Мой товарищ пытался его урезонить, но он был непреклонен. Попинав копытами великого итальянца, Граф неожиданно начал читать наизусть Бродского. Мне стало ясно,

В лесу было накурено

что он уже находится в другом измерении; он умело подвывал, имитируя манеру Козакова — по его словам, он дружил с Козаковым, считал его плохим режиссером, а фильм «Покровские ворота», столь любимый миллионами, — жалкой поделкой ремесленника. После Феллини мы уже не спорили с ним. Тут ему позвонил человек, которому он с радостью сказал, что сидит за столом с приличными людьми, но они культурно незрелые, заблудившиеся в трех соснах, и позвал абонента вывести нас из египетской тьмы для того, чтобы дать качественные ориентиры на всю оставшуюся жизнь. Спустя пять минут нарисовалась живописная парочка: он — реликтовый отец русского постмодернизма, и его очередная семнадцатилетняя пассия, дизайнер из Ялты, работавшая в жанре концептуальной пластики. Она лепила из человеческого дерьма фрукты и овощи. Последним хитом ее творчества была свекла. Особой изюминкой ее художественного метода было пропускать искусство через себя в прямом смысле слова. Она питалась только фруктово-овощной смесью и свежевыжатыми соками, а потом, уже на выходе, лепила, лепила... Работать ей было очень непросто: художественных планов было много, а говна — мало. Постмодернист боготворил ее за возраст, за авангардизм, а особенно за пельмени, которые очень любил. Он никогда не ссорился с ней, видимо, боялся, что пельмени могут оказаться ненатуральными, то есть пропущенными через себя, а поглощать художественные объекты в качестве пищи он не мог, как культурный человек. Теперь за столом воцарилась атмосфера полной духовности. Подошедшие духовные силы с удовольствием пили и закусывали, даже дизайнер взяла творческий отпуск и наяривала ризотто с белыми грибами без намека на последующее художественное воплощение результата поглощения. Граф затеял с ними беседу о структурной лингвистике, далее плавно переходя на личности, и ска-

В лесу было накурено

зал литератору, что последний его роман есть то, из чего лепит его муза. Автор терпел, доел люля-кебаб, вытер губы и сказал Графу, что русские капиталисты — еще большее дерьмо, и что они разграбили недра, и что Третьяковых и Мамонтовых что-то не видно — одни жлобы и уроды. Граф обиделся сильно и кинжальным ударом пригвоздил всю интеллигенцию к позорному столбу; досталось всем, особенно больно он лягнул Новодворскую — видимо, в этом было что-то личное. Оказывается, много лет назад, на заре перемен, Граф бродил в стане демократической оппозиции и при сборе средств жертвам террора спиздил немало денег, отданных в его фонд доверчивыми коммерсантами на благое дело. В.И. ударила его по лицу за это публично во время «круглого стола» по проблемам нравственности в политике.

Постмодернист громыхал жалкими формулировками, Граф тоже не щадил своего горла, и в момент апофеоза девушка робко заметила Графу, что ее гуру имеет право бросать вызовы наглым хозяевам жизни — в этом долг художника. Граф посмотрел на нее бычьим глазом и сказал: «А ты, животное, вообще молчи!» Пауза была затянувшаяся, все замолчали, мой товарищ делал мне знаки перевести тему, и я предложил тост за женщин, которые несут свой крест за муки творчества. Выпили все. Литератор поиграл желваками — решил не отвечать на выпад, все-таки проекты требуют средств, а словом человека не убьешь, это не более чем литературный прием. Еще попили водки, но огонь дискуссии потух. Принесли счет, отдали его Графу, он механически перебросил его мне — закалка прошлого, дело не в деньгах!

Постмодернист с дизайнером попросили упаковать недоеденные пельмени. Мы с товарищем как дураки посмотрели друг на друга и пошли. Надо бросать пить и встречаться в парке: дешево и сердито!

Эпизод II

SMS-любовь

Мобильник изменил мир. Я прошел путь от биппера до смартфона. Я ем, сплю, хожу на горшок с ним в руках. Остаться без телефона равносильно выходу без трусов в город. Кажется, что страх пропущенного вызова равносилен катастрофе. Картинка на экране в форме конвертика вызывает животный страх, звонок чужого человека может взорвать твой мозг, как удар бейсбольной биты. Две недели подряд я получал до 30 сообщений в день от незнакомого мужчины с банальными sms. Он начал утро так:

«Доброе утро, любимая!»

Через минуту:

«Как спалось, сердце мое?

Валерий Зеленогорский

Душа моя плачет без тебя!
Сияние твоих глаз манит меня!»
Далее цитаты из Чаадаева, Гете и т.д.
Вечером пошли sms покруче!

«Солнце мое, мое чувство огромно, миллионы роз я бросаю к твоим ногам, о лучезарная!

Я мечтаю о проникновении в твои чертоги, давай сольемся в экстазе!»

Последнее сообщение я получил в два часа ночи:

«Только что, вспоминая о тебе, я трогал себя и кончил!»

Я решил, что это перебор, и стал набирать номер воздыхателя. Пока я выполнил набор, пришло сообщение: «Я хочу умереть на Черном море в окружении наших с тобой внуков!!!»

Мне ответил молодой мужчина, вокруг него плакали дети и скрипела кровать.

«Я получаю чужие сообщения, уточните номер», — сказал я. Была пауза, потом отбой.

В лесу было накурено

Демонстрация

По доброй традиции 70 лет, каждый год 1 Мая и 7 Ноября, организованные толпы с флагами и плакатами ходили демонстрировать свою любовь к режиму. Были люди, искренне считающие, что это настоящий праздник, но большинство относилось к этому как к суровой необходимости или в крайнем случае рассчитывали на отгул, чтобы в свободный день сделать что-то для себя, а таких дней в ту пору было немного. В каждом городе строили свой мавзолей, тело вождя в нем незримо присутствовало, и было бы здорово возить мумию хотя бы по городам-героям, вот бы радости было. Первая моя демонстрация была в шестнадцатилетнем возрасте. Я ушел из школы по личным мотивам и поступил на швейную фабрику учеником слесаря. 7 Ноября я пришел на родную проходную, где звенели трубы, все были приодеты в чистое и нарядное, парткомовские холуи строили людей в колонны по десять в ряд. Мне дали портрет Кириленко, был такой член Политбюро из брежневской плеяды, крупномордый, с отечными глазами и взглядом спившегося конюха.

Я лично к нему ничего не имел, как и ко всем его собратьям, эмоций они у меня не вызывали, мне больше нравились девушки, особенно одна, в то время я переживал свое новое чувство и поэтому бросил ходить в школу, расстегнув ей лифчик в летнем лагере для комсомольского актива. Чувство распирало меня и никак не способствовало изучению алгебры и физики. Природа происхождения видов меня интересовала в то время больше, чем направленное движение электронов.

Перед выходом с проходной мне дали в одну руку портрет Кириленко, а в другую стакан самогонки, изготовленной моим учителем по слесарному делу Дерябиным. Это был добродушный умный мужчина с золотыми руками и с чувством иронии такой силы,

В лесу было накурено

что много лет спустя я не встречал такого у многомудрых властителей дум, которых я повидал немало. Он был абсолютно гармоничным человеком, профессионал, зарабатывал крепко, в партии не состоял, за привилегии не бился. Не бил себя в грудь за «премию», как придуманные герои советских романов о рабочем классе. Очень изящно шутил о жизни в советскую эпоху, но не злобствовал, считая ниже своего достоинства полемизировать с жизненным устройством страны, которую он не выбирал, и вождей тоже. Он относился к власти как настоящий философ: если к хорошей жене прилагается ее сестра, противная и сволочная, ну что ж, это для равновесия композиции. Дерябин меня ремеслу не учил, он понял, что слесарь-лекальщик не мое призвание, руки у меня не из того места, но в процессе общения давал такой мастер-класс по теории выживания, что до сих пор я чувствую его взгляд, мудрый в противовес портрету, который я носил много лет подряд.

Валерий Зеленогорский

Каждый год я нес портрет товарища № 2, нашего Бормана, и узнавал его только по надписи на обратной стороне плаката, где было написано просто — «Кириленко». Но все-таки в первый раз я Кириленко до мавзолея не донес. Организм воспротивился, не принял нового для меня идола. Дерябин уже налил стакан самогона и скомандовал мне выпить одним махом за появление в моем бесхребетном состоянии рабочей косточки, за гегемона, который победит во всем мире. Пить я не умел тогда вообще, папа мой пил крепко, а я вот сплоховал, но выпил ответственно, с рабоче-крестьянской удалью и понял, что у меня открылся третий глаз, и новый мир, в который я вошел, был ловушкой. Свет в моих глазах померк, организм приказ принял, и я упал замертво вместе с Кириленко в грязь лицом, рядом со мной лицом в ту же грязь упал член Политбюро, секретарь ЦК КПСС, Герой Социалистического Труда Андрей Павлович Кириленко. Запахло идеологической дивер-

В лесу было накурено

сией и моей блевотиной. Товарищи по работе отнесли меня в холодок, чтобы я набрался сил перед выходом на построение. Бросить меня и дать тихо умереть было не в их силах. Все должны были пройти мимо трибуны, был случай, когда в один год перед выходом к трибуне, где уже все оцеплено милицией, крякнул один пенсионер-орденоносец. Сил по дороге потерял много, так и донесли его до трибуны под руки крепкие ребята из сборочного цеха, никто не заметил потери бойца, и только сдувшийся шарик на спине ветерана обозначал его трагический финал. Наш случай был легче, я, слава богу, не умер, только потерял сознание на время; был бледным и все время просил пить, как раненый матрос в фильме «Брестская крепость». Загудел заводской гудок, и колонны вышли на улицы нашего города с песнями под звон медных труб. Меня под руки вели два крепких слесаря, команда которым была не потерять меня до мавзолея. У меня были новые ботинки из

Валерий Зеленогорский

свиной кожи, блестящие — моя гордость. Они были с острыми носами, что было в далекие семидесятые ультрамодным, в сочетании с красными носками нижняя часть моего тела была неотразимой, чего нельзя было сказать о верхней, с расхристанной рубашкой, с пятнами домашнего завтрака и фуршета на проходной, с лицом, напоминающим посмертную маску вождя работы скульптора Альтмана. Вот во что превратила меня тяга к зеленому змию. До недавнего времени, когда бог дал мне силы выпить без выпадения в осадок, бокал с алкоголем всегда давал мне образ чаши со змеей — вот такая ассоциация с интоксикацией. Идти было долго, километров семь, но, слава богу, колонна останавливалась, люди выпивали, танцевали, а я лежал, чтобы мои носильщики, сменяя друг друга, могли передохнуть. Видимо, этот переход с нелепым товарищем вошел бы в Книгу рекордов Гиннесса, но зафиксировать его в те годы было некому. Гиннесс жил в Англии, а мы еще пло-

В лесу было накурено

хо знали, что такое туманный Альбион. Меня опять несли, и я не приходил в сознание, покачивался на руках своих товарищей как немой укор жестокосердной системе. Ноги мои уже не цеплялись за мостовую, они вывернулись, лощеный верх моих новых ботинок давно был срезан камнями мостовой до носков. Носки, слава богу, были красными, и кровь со сбитых ног не бросалась в глаза радостным демонстрантам. Наступал финальный проход перед трибуной, оцепление уже стояло слева и справа через каждый метр, сначала военные с повязками, а на самой площади уже бравые ребята в серых костюмах, которые переговаривались через рукава, и было слышно, как они говорят друг другу: «Сокол, Сокол, я Ястреб, выпускай «молокозавод», а за ним «депо». Следом шла наша краснознаменная, ордена Ленина чулочно-трикотажная фабрика «КИМ». Я долго не понимал, что такое КИМ, оказалось, Коммунистический интернационал молодежи, а я думал, что в честь Ким

145

Валерий Зеленогорский

Ир Сена, тогда наши отношения с ним были безоблачными. Я любил Ким Ир Сена за всего две вещи, то есть за два журнала: «Корея» и «Корея сегодня». Ни «Крокодил», ни даже хит того времени «Литературная газета» (шестнадцатая страница) не давали столько юмора и шуток, как два эти издания.

Помню, как сейчас, примерно такой же рассказ о вожде и авторе идеи чучхе (корейский вариант марксизма), очень смешная теория о корейском социализме с лицом Ким Ир Сена. Так вот, ехал как-то Ким Ир Сен для руководства на месте на трикотажную фабрику — далее была картинка: членовоз с ковровыми чехлами — и встретил бабушку, идущую в горы, остановился вождь и говорит бабушке: куда идешь, как жизнь, — бабушка отвечает: живу хорошо, вот только сын болеет, а так, слава богу, есть рис — есть перспективы. Вождь прервал поездку, усадил бабушку в машину, доехал до больницы, где болел сын бабушки, собрал врачей, провел

В лесу было накурено

консилиум, и сын под солнечным взглядом вождя поправился от тяжелого недуга, потом он вернулся на трикотажную фабрику, уже ночью — далее шла картинка: люди с факелами взбираются в гору, где сияет огнями фабрика, построенная по личному указанию вождя, благодаря его мудрости и нечеловеческой воле. Там он собрал весь актив и, предложив несколько рацпредложений, расширил узкие места и уехал в новые дали.

Вот такие истории мы читали в журналах «Корея» и «Корея сегодня», ну где Корея, а где мы.

Перед трибуной меня взбодрили парой ударов по щекам, и на минуту я пришел в сознание и даже пытался ответить на возглас трибуны «Да здравствует советская молодежь!». Я почувствовал, что это обращение лично ко мне, и попытался крикнуть «Ура!», но не вышло, организм исторг только остатки из желудка. Так и захлебнулась в моей блевотине моя комсомольская юность.

Мы миновали трибуну, дошли до угла, там стояли грузовики для сбора флагов и плакатов, там бросили всех: меня, членов Политбюро, флаги и прикрепленные цветы на палках, которые только что были очень востребованы. Люди пошли допивать по домам, я лежал на траве в тени грузовика: ног я не чувствовал. Вечером я ковылял на убитых туфлях с начисто сбитым верхом, носки тоже были стерты до ногтей, мама положила меня спать.

«Коварство и любовь»

В юности мне трудно было определить, кто я есть. Я не мечтал о подвигах, о славе — обычный молодой человек с заниженной самооценкой. Мне никогда не нравились очень красивые девушки, за которыми все ухаживали. Я понимал, что в условиях жесткой конкуренции я проиграю уже на старте. В спорте я достижений не имел: в пятом классе я пробовал заниматься боксом и ос-

В лесу было накурено

воил технические приемы, но в первом спарринг-бою получил по зубам, и ринг потерял меня вместе с двумя зубами, оставшимися на полу рядом с моим телом. Потом был волейбол, куда меня взяли не сразу, но целый год я тренировался дома, и на следующий год в секцию меня взяли. Я приходил раньше всех, был усердным. Самым большим достижением в спорте я считаю двухлетнее исполнение обязанностей старосты секции. Я неуверенно чувствовал себя в воздухе над сеткой, терялся, а на земле, где я мог быть защитником, тоже получалось не очень из-за отсутствия командного духа и крайней неспособности к силовым единоборствам. Мы, евреи, народ сухопутный, морями ходим редко, то есть один раз — но как!!!

К пятнадцати годам со спортом было покончено. Остались только книги, которые замещали все. Читая их, я был и Гераклом, и Прометеем; читал я много и жадно, библиотека была рядом с домом на фабрике, где

Валерий Зеленогорский

работала моя мама. Подбор был в ней отличный: библиотека комплектовалась с 30-х годов, пережила войну, имела в своих фондах дореволюционные издания издательства «Академия», издательства Сытина, была даже полка со стенографическими отчетами ленинских съездов ВКП(б) с прямой речью Бухарина, Троцкого и других врагов народа. Это я читал, пользуясь благорасположением заведующей, с которой я дружил всю жизнь и которой я обязан хорошим вкусом. Учебу я не любил, одноклассников тоже — я всегда противопоставлял себя коллективу, отличался крайним индивидуализмом и не раз был осужден пионерским и комсомольским сообществом за барское отношение к классу, а потом и группе в институте. Единственное, что мне нравилось в школе, — это вечера с танцами в актовом зале под прицелом школьных учителей. Девушки стали интересней книг, и пора было переходить от теории к практике. Юноша я был робкий, в плейбоях не ходил,

В лесу было накурено

талантов не имел: котировались спортсмены и бандиты, а остальные не очень. Но героев было мало, а свободные девочки, которым не достались герои, довольствовались серыми мальчиками в толпе, одним из которых был и я. Особым успехом пользовалась девушка рубенсовского типа по фамилии Ширякова. В свои пятнадцать лет она имела крупные формы, но лицом «Мадонной» Рафаэля не была, совсем наоборот. Все шептали, что она трахается с физруком, и это влекло к ней многих. Особо ценились танцы: медленные, танго, желательно без слов, чтобы не отвлекаться от обмена энергией со звездой танцпола. Она была нарасхват; ее хватали и тащили в круг, где она разрешала себя обнимать. Были мастера, которые успевали в танце подержать ее за грудь размером с пол-арбуза, при этом она смеялась, как лошадь. Я умирал от желания, но очередь никак не подходила, и тогда я пошел на хитрость. На школьных вечерах того времени была такая форма ком-

Валерий Зеленогорский

муникации — игра под названием «Почта». Выбирались два почтальона, которые носили записки от мальчиков к девочкам и наоборот. Я написал записку нашей Памеле Андерсон, где воспел в стихах, подражая Маяковскому, ее перси, и написал все это в форме жесткой эротики, на грани порнографии, с рисунком, достойным стен мужского туалета. Письмо было анонимным, но девушка провела исследование возможных корреспондентов: спортсмены и хулиганы были отброшены, из ботаников она выбрала меня и не ошиблась. Ближайший «белый танец» был для меня, как первый бал для Наташи Ростовой. Я боялся, что девушка идет ко мне, чтобы дать в морду, но душа женщины — потемки: она пригласила меня, обняла, как Мадонна младенца, и я поплыл, обняв ее руками и ногами. Мир открылся для меня: вот я на зеленом лугу, дою корову с лицом Ширяковой, и капля спермы звенит в ведро. В школе был специалист по сексу Коля Морозов, он был опытным челове-

В лесу было накурено

ком, известным рассказом, что в 13 лет в деревне он потерял девственность с помощью двоюродной сестры, студентки пединститута. Коля объяснил мне, что мужчине на всю жизнь отпущено ведро спермы, так вот в первом танце туда упали первые капли. Музыка кончилась, и я вернулся в действительность с мокрыми трусами и вспотевший от напряжения. Отдохнув от пережитого, я послал следующее письмо прелестнице с предложением встретиться и продолжить дойку. Письмо было доставлено, и я получил ответ, что завтра в семь часов меня хотят видеть возле театра. Была зима, я считал себя неотразимым в пыжиковой шапке, которую мне отдал папа на первое свидание. Он очень гордился ею, и дополнительно к шапке я надел плавки, чтобы моя эрекция не была столь очевидной. Я пришел раньше и нервничал, не представляя, как это пройдет. В 19.30 я вглядывался в даль, автобусы подъезжали, но ее не было. Через минуту, в апогей моего ожидания, я получил сокрушительный удар по голове; в результате тело взлетело и приземлилось моментом на снег, драгоценная шапка улетела в другое измерение и там же осталась. Несколько ударов ногами в область, прикрытую плавками, завершили встречу с любимой. Коварство в любви было для меня новостью. Моя девушка поделилась со своими друзьями-хулиганами о моем непристойном предложении, и они решили восстановить поруганную честь девушки, а заодно, в качестве бонуса, они получили шапку нашей семьи, обезглавив одним ударом меня, папу и старшего брата.

С разбитой рожей и без шапки я вернулся домой, горько сетуя на отсутствие гармонии в мире людей. На следующий день в школе я был антигероем, вся компания ухмылялась, а девушка гордо прошла мимо меня в развевающихся одеждах. Урок пошел впрок. Писем я больше долго не писал ни женщинам, ни мужчинам — слова к делу не пришьешь.

В лесу было накурено

И вот теперь, когда девушки, за которыми я ухаживал, уже начали умирать, я с благодарностью вспоминаю этот урок: шапки с тех пор я не ношу.

Вербовка
с дальним прицелом

С органами я никогда не сотрудничал, но объектом разработки был, как многие наши соотечественники в период развитого социализма. В моей семье не было репрессированных, диссидентов или борцов с режимом. Родители говорили в детстве: «Держите язык за зубами, и то, о чем говорят дома, чужим знать нельзя». Папа мой был из Польши и советскую власть не впитал с молоком матери, прожив до войны в панской Польше с антикоммунистической психологией. Он всегда отзывался с иронией по поводу светлого будущего и всех руководителей партии и государства, считал их долбоебами и бандита-

Валерий Зеленогорский

ми. От него первого я услышал, что Гитлер и Сталин — одна компания и что они друг друга стоят. Он был жертвой раздела Польши и таким образом оказался в Советском Союзе. Он знал, что стало с польскими офицерами, и пустых иллюзий не питал. Дома он говорил что хотел, и мама всегда одергивала его по инстинкту самосохранения. Я сам читал, что можно «по истории», а что нельзя, особенно интересно — это деятельность ЧК—ОГПУ—МВД—КГБ. На людях, в школе и вузе, я старался не болтать, был осторожен. Много интересного я узнал от своего преподавателя Валерия Ефимовича, милейшего человека, с которым общался, несмотря на разницу в возрасте и с полной неспособностью к сопромату — предмету, им преподаваемому. Он был сыном репрессированного наркома, пережил судьбу члена семьи изменника Родины, но относился к этому без злобы и ненависти, рассказывая об этом с присущим ему юмором. В семидесятые годы началось активное движение выезда в Израиль, появи-

В лесу было накурено

лись «отказники» — люди, которых не выпускали, но при этом с работы выгнали, поставив в положение изгоев. За учебник иврита или посещения курсов иврита и изучение еврейской традиции люди получали срок, и борьба с инакомыслящими была передовым фронтом славных органов. В это славное время я служил в СА, и в один прекрасный день меня попросили зайти в особый отдел (армейская служба безопасности) для беседы. Я знал этого старлея, он вел себя развязно, его боялся даже командир полка; он всем улыбался и был рубаха-парень. В таком образе он меня встретил в своем кабинете. Он усадил меня за стол, открыл сейф, достал оттуда Библию и стал листать, как порножурнал. Потом спросил, читал ли я эту Великую книгу, я честно ответил, что не читал, а знаю сюжеты из антирелигиозной литературы Ярославского, Григулевича, забавного Евангелия Л. Таксиля. Он ответил мне, что я перечисляю говно, и предложил подержать книгу. Я не хотел оставлять отпечатков пальцев и сказал, что сейчас мне

Валерий Зеленогорский

некогда, я читаю «Малую землю» и готовлюсь к сдаче Ленинского зачета. Первый раунд закончился со счетом 1:1. Во втором раунде он стал спрашивать меня о людях, которых я знал до армии, не самых близких, а просто знакомых; назвал несколько имен, спросил мое мнение о них — я дал им характеристики, при которых дают ордена людям, так как они идеологически выдержаны и морально устойчивы. Потом он вступил на зыбкую почву моих художественных пристрастий и стал выяснять, «нравится ли мне Солженицын, Булгаков, Аксенов». Я ответил, что читал, но люблю совсем другое: Иванова, Распутина, Белова и т.д. Потом он резко назвал фамилию моего соседа, младшего брата моего товарища, и спросил, о чем мы разговаривали в июле в третью пятницу 1972 г. в беседке во дворе после его приезда из Риги, где он с родителями провожал в Израиль своих родственников. Я сразу вспомнил этот разговор. Парень рассказал мне о своих впечатлениях, пересказал

В лесу было накурено

мне две книги («Архипелаг ГУЛАГ» и книгу генерала Краснова, довоенное рижское издание «От двуглавого орла к красному знамени»), которые он прочитал там за неделю. Его рассказ меня потряс. Наша встреча длилась часов пять, шел страшный ливень, а я слушал его рассказ с замиранием сердца.

Я ответил, что разговаривали о всякой ерунде — девушках, книгах и спорте, а о евреях мы не говорили, мы ими были. Он еще слегка подергался: свидетелей нашего разговора с парнем не было, нехитрый вывод напрашивался, что он сам рассказал это другому старлею из Комитета Глубокого Бурения. Я написал все это по его просьбе, но под пытками товарища не сдал и ушел героем чистить унитаз начальнику штаба.

Следующая встреча с ними была после дембеля. Меня вызвали в военкомат для проверки документов. Я понял, что шоу продолжается: пришел какой-то капитан, изобразил, что что-то исправил, и оставил меня с серым,

Валерий Зеленогорский

незаметным человеком, который опять завел канитель про того парня. Но я уже знал от его брата, что он не парится в застенках, а служит в ракетных войсках с допуском — значит, ничего у них на нас нет, и опять я прикинулся дураком. Он мне ногти не вырывал, светом и газом не пытал, и мы разошлись, как в урне два окурка. Через пару месяцев мне на работу позвонил мужской голос с характерной интонацией человека, которому нельзя отказать. Он сказал, что мы должны встретиться завтра, где мне будет удобно, — я назначил встречу возле памятника В.И. Ленину, посчитав, что это хорошо меня характеризует. «Как я вас узнаю?» — спросил я. «Я буду в шапке». Была зима, жил я не на экваторе, и данная примета для меня не была достаточной для идентификации резидента. Ответ был резким, как удар хлыста. «Я вас узнаю», — сказал он, и я понял, что у них длинные руки. Я пришел ко времени, не нервничал, понимая, что у них такая работа. В городе, где я жил,

В лесу было накурено

не было ядерных объектов, потенциальные террористы были в лице студентов из Палестины, учившихся в местном мединституте, и поэтому под зорким орлиным глазом органов были несчастные евреи, считающиеся ненадежными, то есть пятой колонной.

Он представился ст. лейтенантом Сорокиным, и я увидел аккуратного молодого человека в югославской дубленке, ондатровой шапке, и только тогда я понял все про шапку — таких шапок в городе было 100. Пять — в обкоме, одна — у народного артиста СССР, звезды академического театра, играющего все роли от Ричарда III до генерала Карбышева; он очень художественно замерзал на родной сцене два-три раза в месяц, поэтому шапка была ему необходима, остальные пыжиковые шапки делились равными долями между комитетчиками и торгашами. Начал он издалека: «Мы знаем вас как лояльного и порядочного человека, знаем, что ваша теща (она была прокурором) — настоящий советский человек (тесть тоже у меня был не промах — герой войны, партизан, соратник Петра Машерова, руководителя Белоруссии в то время), семья у вас хорошая, но Родину надо защищать ежедневно. Враг не дремлет, он хитер и коварен. Он постоянно ищет бреши в нашей обороне!» Он замолчал, и я понял, что должен ответить, что готов заткнуть собой брешь на границе. Я промолчал, и он перешел на международную обстановку, спросил, как я отношусь к режиму Пиночета, утопившему в крови зарождавшийся социализм Сальвадора Альенде, я ответил, что осуждаю кровавую клику Пиночета и вечерами пою песни Виктора О'Хары (чилийский певец, погибший на стадионе в Сантьяго). После моего заявления вопросы о Конго, Мозамбике и Республике Того, где шла борьба за банановый социализм, были лишними. Перешли на мою жизнь — Сорокин знал ее неплохо. Зарплата, родинка на моем половом члене — все было ему известно. Он намекнул, что помощь ему,

В лесу было накурено

кроме всего, небескорыстна — будут платить тридцать рублей ежемесячно, деньги маленькие, но нелишние. Я хотел ему сказать, что тридцать рублей — это библейская стоимость смертного греха, но не стал, чтобы не разоружаться перед идеологическим противником. Потом он намекнул на мой карьерный рост с их помощью. Я знал, что это не в их силах, так как я был заведующим сектором, а до пенсии своего начальника отдела нужно было потерпеть 22 года. Могли ли они убить его для моей вербовки, я не знаю. Прошло около часа, я замерз, Сорокин сказал, что на сегодня хватит и мне нужно подумать и дать ответ. Потом он сказал сурово, что о нашем разговоре не должен знать никто. Мой ответ его не обрадовал: я сказал, что рассказал жене все, так как врать в семье у нас не принято. Он посмотрел на меня с сожалением и повторил, что я с этой минуты должен держать язык за зубами; язык отдельно и зубы отдельно. Я понял и пошел в детский сад за дочкой.

Валерий Зеленогорский

Следующее наше свидание состоялось в гостинице, где у них были служебные номера для работы с агентами и для своих низменных целей — пьянок и гулянок. Номерок был стандартный, пыльный, его в целях конспирации убирали редко — боялись внедрения вражеской агентуры и закладок аппаратуры слежения. Сорокин поздравил меня с тем, что в управлении меня считают перспективным направлением и сам полковник, начальник управления, дал добро на проведение операции. Я ошалел и подумал: пусть полковник забирает назад свое добро и оставит меня в покое со всем моим говном. Сорокин, поняв мое молчание как согласие, стал рассказывать мне план моей операции. Они хотели, чтобы я подал документы на выезд в Израиль, но до Израиля не должен доехать, потом США, внедрение в эмигрантское отребье и через три-четыре года — триумфальное возвращение на Родину по красной дорожке Внуковского аэродрома с развязавшимся

164

В лесу было накурено

шнурком, как у Гагарина. Заключительным аккордом станет книга, разоблачающая ЦРУ и МОССАД в крупномасштабных операциях по развалу СССР с помощью еврейской эмиграции. Книга уже была написана двумя мэтрами советской публицистики — А. Чаковским и Генрихом Боровиком и ждала моего часа. Название книги было нетривиальное — «Я выбрал свободу». Я ответил сразу, что я не хочу этого, и объяснил почему:

1. Я не хочу в Израиль, Америку и Канаду.

2. У меня больные родители, русская жена и маленький ребенок.

3. Я не знаю ни одного иностранного языка, и я просто боюсь.

Мои доводы были признаны смехотворными, и я был отправлен думать. «Крепко подумайте, — сказал Сорокин. — Идите!» Я пошел вон. Дело приобрело нешуточный оборот, и я пошел к своему папе как к мудрому человеку. Я рассказал ему все эти мудовые рыдания, а он мне ответил сразу, не раздумывая: «Пошли их на хуй! Не 37-й год!»

Мне стало легче, и через неделю в четверг я пришел в гостиницу, постучал, Сорокин был в форме капитана СА с петлицами танкистов. Зачем ему был нужен этот маскарад, я не понял.

Я, заикаясь от волнения, сказал «нет» и четко пояснил свое решение:

— жена не хочет жить на чужбине;

— я, единственный из класса, не освоил азбуку Морзе в школе на военной подготовке;

— разговариваю во сне, пыток не выдержу, и даже один звонок из органов заставит меня раскрыть все явки и пароли.

После того как я сказал, что стрелять по-македонски, с двух рук, не умею, Сорокин остановил мой словесный поток и сказал, что это очень плохо, мне будет трудно жить, органы ничего не забывают, мы с ним незнакомы и что в моем личном деле остается на всю жизнь запись-приговор: «Отказался от сотрудничества».

В лесу было накурено

Много лет спустя, общаясь со своими ребятами на юбилее школы, где мы учились, я рассказал им за столом эту историю, и оказалось, что из десяти человек нашей компании такие предложения получили восемь. Трое из них живут в Канаде, четверо — в Америке, один умер, а я живу в Москве. Я до сих пор не знаю, кто из четверых «американцев» является агентом влияния.

Через год после прекращения работы с КГБ я ехал в командировку в Москву в вагоне СВ; попутчиком моим был Сорокин, который представился мне Нечипоруком, работающим в тресте сельхозмашин.

Вот такой выдумщик, е... т... мать!

В августе 91-го...

Хариков встретил революцию 91-го года в цековском пансионате, где отдыхал без семьи. Пансионат был не шик-блеск, но всетаки горный воздух и жемчужные ванны в

Валерий Зеленогорский

сочетании с легкими амурными приключениями в лице заведующей производством столовой. Любовь была скорой, место удивительное, разделочный стол в цехе холодных закусок. Утром под «Лебединое озеро» он понял, что малина заканчивается, но судьбы своей не страшился. Путч ему не нравился, фигуранты с обеих сторон тоже не брали за живое. В Москву он решил не ехать — лучше посмотреть на бой со стороны. Взял билет на 21-е, понимая, что в России революция не может быть больше трех дней, народ устает, если, не дай бог, больше трех дней, тогда начнется гражданская война на десятки лет.

Утром, прилетев в Москву, Хариков узнал о новой победе демократии, не удивился, поехал в центр посмотреть на ликующие народные массы и на новых триумфаторов. Москвичи радовались сильно, а вот местные, где был на курорте Хариков, как-то не очень — не заметили они революции. «Надо отметить», — подумал Хариков и зашел на Малую

В лесу было накурено

Дмитровку в кафе, где было чисто и наливали. В очереди за водкой были замечены два сокола демократии: писатель, бичевавший сатанинскую власть в журнале «Огонек», и драматург, получивший Ленинскую премию. Они были убежденными поборниками новой жизни и толкали Ельцина во власть изо всех сил. Хариков Ельцина тоже не любил, считая их всех одного поля ягодами, но с демократами сел, чтобы выяснить, с кем теперь мастера культуры. Правда, ответ он знал: с победителями всегда и во все времена. Выпили водки, бутерброды с красной рыбой отвергли, взяли с белой — а как же! Жалко, что не было ничего с триколором, вот бы было символично. Выпили и стали доебывать Харикова: где он был в эти дни, по какую сторону баррикад, где он был в момент истины? Понимая, что они не отстанут, он осторожно высказался, что нигде не был, а если бы был, то не пошел. Демократы стали кричать, что из-за равнодушия таких, как он, происходят все мерзости на свете. Хариков, жуя бутерброд, ответил, что все происходит по воле божьей и его равнодушие здесь ни при чем, он — государственник, а власть от бога, а не от энтузиазма народных масс. Демократы завыли в голос и вообще испортили аппетит Харикову. Они требовали определиться, с кем он, и утомили Харикова вконец. Резко попрощавшись, они вызвали машину из гаража Верховного Совета и поехали в Переделкино писать воспоминания о трех роковых «окаянных» днях. Хариков допил водку и поехал в Зачатьевский переулок к женщине-баскетболистке, которая иногда с отвращением и негодованием одаривала его любовью с медалями спортивной славы на голое тело: любил Хариков любовные игры с государственными символами. Но вечер не задался — баскетболистка была на баррикадах, только вернулась с Манежной. Глаза ее лихорадочно блестели, и ни о какой любви с медалями не могло быть и речи. Она тоже спросила Харикова, где он

В лесу было накурено

был три дня. Хариков оделся и понял, что все сошли с ума, и стал молить бога, чтобы все поскорей устаканилось. Возле «Московских новостей» стоял народ и громил коммуняк всеми словами, обзывая их по-всякому, особенно горячились патриоты, которые решили заодно рассчитаться с еврейской буржуазией и жидовствующими большевиками. Понимание в этом вопросе было достигнуто, и толпа рвалась по адресу, где якобы жил Каганович, чтобы повесить его на Красной площади. Хариков решил не трогать Кагановича, а вместе с ним Дзержинского, К. Маркса и прочих памятников. Домой идти не хотелось, поэтому он пошел к своему товарищу по Комитету трудовых ресурсов, жившему на Юго-Западе в Олимпийской деревне. Когда-то он имел роман с его женой и любил посещать ее в период, когда муж проводил брифинги по трудовым ресурсам на местах их дислокации, то есть ездил в командировки. Жена коллеги была хороша собой, от мужа уже ус-

Валерий Зеленогорский

тала; он был какой-то пресный, работу любил, а дома только спал и все считал, сколько она тратит в неделю, копил на «Жигули» и поездку в капстрану. Хариков хотел сдобную жену друга, и все было бы хорошо, да вот собака у них была противная. Маленькая такая шавка, то ли пудель, то ли болонка с бантиком на шее. Хариков очень хотел бантик потуже затянуть, но не стал — хозяйка очень любила свою Каштанку за характер добрый и внешнее сходство. Причина нелюбви Харикова к шавке имелась: в период близости она находилась в комнате, хозяйка жалела ее и не запирала в другой комнате, чтобы она не выла. Хариков не любил собак вообще, а эту просто ненавидел. Однажды, когда Хариков увлеченно работал с хозяйкой, лежащей на спине, шавка вцепилась ему в зад и чуть не отгрызла ему яйцо непонятно почему. Он долго потом анализировал, что бы это значило: или собака хотела помочь хозяйке доставить удовольствие, или... собачья душа —

В лесу было накурено

потемки. Потом, читая толстую книгу Брема о зоопсихологии, он понял, что это был акт собачьей сублимации. Она хотела быть третьей, а Хариков был человек чистый и зоофилией не страдал. Сукой оказалась эта собака, тварью.

Хариков, получив свое от бывшей подруги, поехал домой в Лефортово жечь документы. Первыми в печь пошли грамоты ВЦСПС, дарственные книги классиков марксизма и чернильный прибор от коллег на пятидесятилетие в виде ракеты на фоне тройного барельефа «Ленин, Сталин, Маркс». Шутка такая у них в управлении была — дарить подарки с антисоветской подоплекой. Больше жечь было некого, Хариков лег спать, проснулся утром, мусор и баррикады уже убрали, город сиял чистотой и покоем — это радовало.

Впереди была еще целая жизнь, «полная пригородного шика и солдатской неутомимости» (И. Бабель, «Одесские рассказы»).

Валерий Зеленогорский

Приговор, или Праздник души и тела

В весенний теплый день вынесли приговор по громкому делу известного человека, которого власть жестоко наказала за робкую попытку заявить себя как самостоятельную фигуру; желающего помочь своим умом и успехом построить новую реальность. Он был, конечно, наивен и преувеличивал влияние денег в нашей бедной, но очень гордой стране. Можно было сказать ему: дорогой, мы в ваших советах не нуждаемся, спасибо, идите домой, — но им стало за державу обидно, и они его посадили в тюрьму в назидание другим. «Царь иудейский не будет править в Кремле» — это надо понимать, а тем, кто не понимает, мы объясним на пальцах ударом туристского топорика. В тот день настроение было отвратительным, как-то не очень хотелось благодушествовать и смеяться, но приглашение было получено раньше, должен был состояться за-

В лесу было накурено

крытый ужин для близких с лауреатками конкурса «Девушка месяца». Ужин был устроен предпринимателем, который по делам не мог принять участие в день конкурса, и ознакомиться с лауреатками числом «десять» было назначено в этот день в ресторане нашего товарища, где всегда хорошее сало и водка на выбор. Предприниматель, как человек широких взглядов, один с девушками за стол сесть не решился и потребовал группу поддержки. Я заметил странную особенность: чем больше у людей денег, тем больше людей возникает вокруг них, толпа аплодирующих нужна им как декорация царской свиты, видимо, возникает так много желаний, что одному человеку не справиться. Так вот, в группу поддержки входили известный телеведущий, популярный писатель, романы которого любила элита за аллюзии и второй план, за подтекст и намеки на толстые обстоятельства, колумнист (ведущий своей ежедневной колонки в респектабельной газете), который видит пре-

Валерий Зеленогорский

зидента каждый день, как я своего водителя, хозяин ресторана — милейший человек, предназначенный присмотреть за столом, и я, числящийся в их тусовке застольным специалистом по беседам на околокультурные темы. Далее была челядь предпринимателя: юристы, спецреференты, врач-диетолог и массажистка для снятия внезапных судорог. Девушки были взволнованы, ожидая своего исторического шанса заполучить внимание или хотя бы прилечь с ним для истории. Не каждый день можно полежать с парой миллиардов. Хозяина не было, группа поддержки ждать не стала — сели выпивать, но девушек не трогали, знали, что право первой ночи у хозяина, а уже потом можно будет подобрать на сдачу остатки с барского стола, правила соблюдались незыблемо.

Когда появился хозяин, все встали, он был человек светский, всех одарил своим вниманием, поздравил всех с праздником. Я удивленно заметил, какой уж сегодня праздник,

В лесу было накурено

приговор высшей убойной силы, он только хмыкнул с неодобрением, намекая мне, что я бестактный и грубый человек и не надо портить настроение нормальным людям. Застолье началось, во вступительном слове хозяин сказал, что хотел бы познакомиться со всеми девушками и по очереди заслушать их резюме.

Все чокнулись, хозяин посмотрел на врача-диетолога, тот жестом дал понять, что все заранее проверено, мин нет, мы тоже вздохнули с облегчением, отравиться вместе с ним не хотелось. Начали выпивать, девушки вставали и докладывали свои данные: рост, вес, цвет волос (натуральный), мама, папа, родственники за границей и т.д. Хозяин задавал вопросы сам, последний его вопрос был коварный: «Ваша мечта?» Он-то знал, что их мечта — это он, но желал услышать их версии. Версии были разные — состояться как личность, карьера, семья, и даже одна девушка пожелала изменить мир, если он ей даст точку опоры, ему это не понравилось, максимально она могла рассчитывать только на пятьсот долларов, это был предел мечтаний и его финансовой расточительности. Пятьсот долларов — большие деньги, говаривал он, за эти деньги можно жить, только не уточнял где. Телеведущий выпил четыре бокала вина «Петрюс» за 1,5 тысячи долларов, оборзел и стал кадрить «Мисс очарование», знойную блондинку из города Казани, и получил замечание, что время выбора еще не пришло и что он нарушает конвенцию. Звезда эфира подавился лангустом и стал молчать как рыба. Писатель тоже допустил оплошность, отвлекшись на разговор с журналистом о своем новом романе с ностальгической подоплекой о любви к тирану. Замечание от хозяина было жестким, он, как и мой учитель ботаники, одергивал младших школьников ударом линейки по голове. Литературу тоже поставили на место. Девушки выступали со своими резюме, хозяин прикидывал, как в пьесе Гоголя «Женитьба»: если бы к жопе «Мисс элегант-

В лесу было накурено

ность» приплюсовать сиськи «Мисс экспрессия» и ноги «Мисс вамп», то было бы совсем неплохо. Но Гоголь нам не указ, возьмем всех в баню и там скомбинируем разные части тела в режиме «Лего», он очень любил в детстве эту игру, вырос на ней.

Хозяин был человек неплохой, душевный, вежливо говорил со всеми, здоровался с уборщицами, читал много книжек, ну, в общем, герой нашего времени. Все в нем было хорошо, и одежда, и душа, только он очень не любил платить. Это было его слабым местом, а может быть, наоборот, сильным, его расстраивало всегда, когда нужно было открывать бумажник. Однажды он принимал студенческого товарища, с которым они жили в общаге, и он искренне любил его, как брата. Они долго не виделись, жизнь разметала их по разным сторонам, товарищ в люди не вышел, клепал где-то в Подмосковье сумки для «челноков», на жизнь зарабатывал, жил на свои и другу не завидовал. Так вот, олигарх

Валерий Зеленогорский

пригласил студенческого друга с женой на встречу с шашлычками и водочкой, ностальгировал весь уик-энд в загородной резиденции своей корпорации, которую он построил с любовью и размахом. Там было все как у людей. Бывшая наркомовская дача то ли Булганина, то ли Ежова с огромным участком и фонтаном, ну, в общем, маленький Версаль, только лучше оригинала, Людовику такие деньги и не снились. Товарищ с женой были рады — в Версале они не были, вообще нигде не были, были один раз в Турции по горящим путевкам «инклюзив», товарищ там обпился на халяву и обгорел, как жопа у мартышки. Так вот пили они, ели, песни пели, Окуджаву «Возьмемся за руки, друзья...», вспоминали походы на «Таганку» и в Ленком, плакали на плечах друг друга, вспоминали «золотые денечки» прошлой дружбы. Уик-энд закончился, они разъехались, и товарищ олигарха получает счет за пребывание в резиденции на несколько тысяч долларов от закадычного

В лесу было накурено

друга. Позвонив сразу после получения счета, он поблагодарил, как вежливый человек, за отдых и сказал, что случайно получил счет, видимо, это ошибка аппарата друга-олигарха. Но услышал в ответ, что это не ошибка, счет лично выверен другом и даже лично уменьшен на 20 процентов, то есть ему дали скидку как гостю хозяина. В замешательство бедного друга было добавлено еще несколько железобетонных доводов: резиденция не личная, а корпорации, и его не поймут акционеры. Уровень сервиса — пять звезд, так что цена вполне мирная.

Последний довод был более убедительным, в пример был взят нефтяной магнат Поль Гетти из книги «Гримасы капитала» выпуска семидесятых годов, где юный хозяин вычитал, что в доме магната были платные таксофоны, так что это мировая практика, ничего личного. Разговор длился уже полчаса, столько времени он не разговаривал даже с премьером, но здесь был друг, и хозяин понимал: друзь-

Валерий Зеленогорский

ями не бросаются. В этот период хозяин разговаривал по двум линиям, получал долг с отдохнувшего друга и продавал какой-то актив за жалкие 60 млн долларов. Друг вернулся домой, снял со счета три тысячи у.е., потерял проценты и отправил счет по адресу.

Праздник катился к закату. Опрос конкурсанток был закончен, и я предложил для полноты выборки данного опроса устроить во втором отделении интервью мужчин за столом и не допускать мужского шовинизма. Предложил начать с себя и доложил всем размер своего члена, цвет волос в первом этаже своего тела и другие детали, художественные плюсы своей натуры и минусы моральной нечистоплотности. Продолжения опроса не последовало. Хозяин передал через референта, чтобы я заткнулся, видимо, его размеры были хуже моих. Я заткнулся и позавидовал девушкам, что они в конце концов что-то получат от хозяина. А нас — творческую интеллигенцию — будут юзать за еду и выпивку.

В лесу было накурено

Люди в окошке

Театральные администраторы — это небожители, только сидели они не на Олимпе, а в крохотной комнатке с окошком, где с 18.30 до начала спектакля они вершили судьбы миллионов людей целую эпоху. Сейчас этих мастодонтов нет, вымерли вместе с советской властью. Сейчас любой мудак может пойти в любой театр, лишь бы деньги были, а вот тогда нет. Все хотели в театр: лауреаты, герои, космонавты, врачи, гаишники, если не они сами, то их дети, внуки или родственники из Пензы. Эти люди могли все — лекарства, путевки в Дом актера, распредвалы, дубленки и даже билеты на закрытые сеансы в Дом кино. Их знали и любили, как кинозвезд. «Таганка» — это Валера, Саша и Олег, Вахтангова, конечно, Борис Палыч и т.д. У них было по три-четыре записные книжки, где были тысячи телефонов людей от Бреста до Владивостока, где благодарные почитатели решали

Валерий Зеленогорский

для них все вопросы, и не было для них ничего невозможного. Они сами самозабвенно любили театр, были добрыми друзьями актеров, им обязано огромное количество людей, которым они делали билеты и контрамарки. Желанные гости во всех домах, банях, ресторанах и станциях техобслуживания. Получали они копейки, но возможности их были безграничными. Феномен желающих ходить в театры в то время не изучен, но он явление исключительное.

Билеты в театр были сильнее фунта, доллара и иены, вместе взятых. За эти деньги можно было купить все, но не билеты. Они были не валютой, а эквивалентом всех услуг и товаров, то есть они были мерилом дефицита. Дефицитом при коммунистах было все, но для героя нашего рассказа все было доступно — до сих пор зрелище в нашей стране важнее хлеба. Бедные люди копят деньги на билеты в театр и ходят, ходят на все. Приходил такой человек в большой гастроном или

В лесу было накурено

универмаг, его принимали как дорогого гостя, не спрашивая, зачем пришел, давали самое лучшее, и в конце беседы, стыдливо опустив глаза, могущественный человек говорил: будет проверка, надо как-то принять их в ложе на «Турандот» или «Ричарде III» в Театре Вахтангова, — людей принимали, все высокохудожественно, эстетично, никаких взяток, как сейчас, в перерыве легкий фуршет в кабинете директора, мимолетное появление народного артиста, и все. Акт проверки можно подписывать прямо здесь, благодарности нет предела. Представить сегодня налоговика или директора департамента в ложе театра — да ни в жизнь: он деньги возьмет вперед, да еще покуражится. Народ обмельчал, как Аральское море — песок один, никакой волны. Люди эти связывали огромными узлами самых разных людей: космонавт дружил с парикмахером, дантистом, механиком, товаровед с нобелевским лауреатом, поэт-песенник с плиточником, и все находили друг в

Валерий Зеленогорский

друге живой интерес, а не голый расчет и циничное «ты — мне, я — тебе». Странный парадокс состоял в том, что чем больше система давила доброе и чистое в людях, тем больше люди инстинктивно жались друг к другу, помогали друг другу, чаще бескорыстно обменивались услугами, переходящими в добрые дружеские отношения между людьми.

Конечно, сегодня все понятнее, разумнее, не надо никого ни о чем просить, иди и купи чего хочешь, и это здорово, но борьба за выживание тогда объединяла людей, а сегодня как раз наоборот. Люди делали сообща ремонт другу, делились рецептом домашнего вина, звонили, помогали носить гробы и вместе делали винегрет и холодец на свадьбы. Ирония по поводу того времени отвратительна, да, сегодня не надо одалживать стулья на свадьбу дочери у соседей по подъезду, и соль, слава богу, никто никому не дает, но сочувствие и доброжелательность уходят из обыденной жизни. Позвонить некому, зво-

В лесу было накурено

нок в дом после десяти невозможен почти никогда, только для неприятностей и сдачи квартиры на охрану служит теперь телефон.

Двери стальные, и души стальные, никто не хочет чужих неприятностей, своих хватает, дружба и привязанность есть, но до известных пределов, сам денег не даешь, и тебе не дадут, проценты, депозиты, расписки, брат брата заказывает за наследство в шесть соток в Хотькове (бабушка оставила, а бумагу забыла написать, думала, сами внуки поделят честно), поделили участок, сто́ит с сараем две тысячи у. е., а брата заказать — пять, ну что же расходы, а земля в цене растет, когда-нибудь поднимется, отобьемся.

Мама судится с дочкой за папины картины, жил папа в мастерской на Масловке, пил, гудел, дураком был и для мамы, и для дочки. Помер, она, мазня его пьяная, как бы денег стоит, судиться надо, а как же, все в правовом поле. Мамин адвокат, дочкин адвокат встречаются, договариваются, мама с дочкой на

Валерий Зеленогорский

одной кухне стоят не разговаривают, в конце концов за пять дней до суда короткое замыкание, сгорела мастерская со всеми шедеврами, предмета спора нет, отношения отравлены, и назад дороги нет. Чтоб вы сдохли, мама, поскорее, в квартире сделаем евроремонт, и у сына будет своя комната наконец. Много радостей приносит новый быт. Храмы полны, домовые церкви строят, попы со всех берут не спрашивая. Все молятся — каждый своему богу, начальники с благостными лицами свечки держат, все постятся, все освящают, вчера освящен магазин элитной сантехники из Турции. Один хозяин — еврей из Израиля, второй — турок из Анкары позвали на освящение православного священника и префекта, батюшка пришел, обряд свершил над джакузи и унитазами, хорошо, благостно. На банкете, тут же, между толчками, спрашиваю соплеменника: «А чего батюшку позвали, а не раввина и муллу?» — «Так страна-то у нас православная», — сказали турок с иудеем.

В лесу было накурено

Откуда-то вылезли люди, которые всех не любят, всех чужих, косых, носатых, черных и даже своих, слова какие-то в воздухе: «ксенофобия», «шовинизм», — поперло из всех щелей и больших кабинетов, наверно, это с чипсами и спрайтом американцы завезли. Выпускник элитного вуза, сын известного писателя, сам писатель, гонит со сцены такую зловонную парашу, «что все тупые», что удивляться гопнику из Воронежа, бьющему ботинком в харю пакистанцу, не надо. Учителя хорошие, грамотные, тонко чувствующие норов поколения. В старое доброе время таким руки не подавали, брезговали, а теперь чудо — властитель душ чаще президента выступает. А с другой стороны, жизнь налаживается, тенденция есть. Чем успешнее люди, тем больше советских песен знают, запрутся в замке и с ребятами своими песни поют: «Не надо печалиться...» — конечно, не надо, вся жизнь впереди у них, а у других сзади. Придется опять друг друга на дачи возить, бензин экономить, холодец варить и вместе крутить огурцы, рецепты вспоминать старые: пачка дрожжей, 2 кило сахара, водка своя, огурчики, помидорчики и телевизор, перегоревший на хер, — без него тоже можно жить.

Пережили неурожай, переживем и изобилие, так говорили в стародавние времена.

Заполярная ночь

Путешествие для многих — это желание встрепенуться, расправить уставшие члены, войти в реку времени. Я не люблю этого, и мотивы, по которым это делают, все мне не очевидны. Впечатления, за которыми все охотятся, — это не более чем стадное чувство помериться хуями с особями других стран и морей. Какое дело жителю Перми или Омска до истории цивилизации майя в Южной Америке? Наблюдая, как стадо японцев по всему миру щелкает объективами, я думаю, что цель их визитов более практична, чем

В лесу было накурено

погружение в чужие цивилизации. По-моему, они занимаются экономическим и эстетическим шпионажем или просто покупают менее дорогие, чем в Японии, люкс-продукты. Часто видишь в музеях мира людей, внимательно читающих таблички под картинами и тщательно записывающих название «Кувшин, х.м. 90x60. Курицын», а потом дома, в далекой Уфе, рассказывают соседям по коммунальной квартире, что все ноги убили в Третьяковке, не помня ничего.

Крамольная мысль посещает меня время от времени: искусство и культура не нужны всем и каждому, оно, искусство, никого не воспитывает и не облагораживает, можно даже ничего не читать, кроме спортивных газет, и быть счастливым, с хорошим зрением. Хорошие анализы в поликлинике дают радости больше, чем весь Большой театр со всей филармонией. Так вот, вернемся к путешествию. Группа руководящих работников корпорации выехала в Финляндию в район пребывания

Валерий Зеленогорский

Санта-Клауса на предрождественские каникулы. Мужчины все были хоть куда, богатые, упитанные, девушки из агентства эскорт-услуг одинаково красивые и тренированы для выездов в такой тур. Для усиления к группе выезжающих добавили музыкантов для совместных пьянок и двух ведущих юмористов с запасом анекдотов на три дня и фокусника с женой (русский Копперфилд). Все начинается, как правило, в пятницу. Спецрейс бизнес-класса подается часам к 18.00, мужчины приезжают в аэропорт сами, а автобус с девушками приезжает организованно в точно назначенный срок. Девушки лениво пьют что-то легкое и при всей независимости внешней и желании заработать за три дня денег на целый месяц все-таки чувствуют себя неловко, ну всего лишь слегка, и то если вдруг встретят в VIP-зале мужчин из другой корпорации, вылетающих в Дубай с другой группой поддержки. Все ждут биг-босса, по сценарию он всегда приезжает последним, охрана всех

В лесу было накурено

этих людей провожает до трапа, а потом облегченно вздыхает, понимая, что до утра понедельника эти хари их беспокоить не будут и можно выпить самим, а не сидеть под дверями саун и ресторанов, ожидая свои тела до третьих петухов. Самолет взлетает, в первом салоне летят мужчины, во втором музыканты и артисты, в третьем девушки с напряженными телами и лицами — их еще не выбрали, и с кем придется спать этой ночью, одному богу известно. Хочется с хозяином, но можно попасть и на начальника протокола, горбатого и хромого, или на главного юриста весом в 200 кг, тоже не сахар. Мужчины уже пьют довольно активно, это называется выездной совет директоров для повышения деловой, половой активности. Подпив изрядно, начинается путешествие в третий салон для выбора сожительниц. Девушки ведут себя ответственно, улыбаются, отвечают, встают, если просят, для дополнительного осмотра, в общем, кастинг проходит успешно. При приземлении насту-

Валерий Зеленогорский

пает ответственный момент: на выходе из таможни девушке называется номер, в котором она будет жить, но с кем, она узнает только в отеле, ее уже выбрали, но кто? Вот такой сценарий. В самолете всем дают программу пребывания: что, где, когда (гонки на оленях, конкурс «Мисс природа», горнолыжный фестиваль и все такое). Хозяин всегда выбирает первым, ему положено брать двоих, жить в апартаментах президентского уровня. Минимум четыре комнаты метров пятьсот с личным бассейном и собственной сауной. Его первый зам, бывший его научный руководитель в институте, немолодой человек, тоже должен брать двоих, но ему уже не хочется и одной, но положение обязывает, и он берет самых спокойных. Он будет на людях изображать африканскую страсть, а ночью тихо спать в своей спальне, а девушки проведут чудные три дня, никто не будет сопеть рядом с ними, просить лесбийских сцен, а потом получат от доброго дедушки денег на подарки. Чуть хуже будет

В лесу было накурено

другим, они пройдут по кругу всех членов и отработают свой сладкий хлеб. Лучше всех будет девушке, которая попадет к главному финансисту, он любит мальчиков, но мальчиков брать не разрешают — не по понятиям это. Первый ужин после прилета — это серьезный акт. Столы загружены едой и выпивкой, официанты в белых перчатках стоят как на нобелевском ужине. Все одеты пока еще нарядно и с шиком. Девушки в длинном и коротком, все сияют, предвкушая феерический отдых, начинается все благопристойно, выступает руководство за процветание корпорации, именные благодарности соратникам. Но вскоре атмосфера накаляется, пиджаки брошены, официантам дали команду все бутылки на стол, сами нальем. К мясу, рыбе и к десерту — виски и коньяк стаканами, музыканты поют любимые песни — смесь комсомольской ностальгии и русского шансона. Юмористы шутят, грузинские анекдоты сменяют еврейские, танцы, хоровые песни, потеря лица

Валерий Зеленогорский

и расход по номерам, где каждый получит по заслугам, девушки с отвращением дадут подпившим мужикам, кому больше — кому меньше. Через пару часов самые стойкие бойцы соберутся в баре или казино и до утра отведут душу. Но утром... контрастный душ, бритье до синевы и культурная программа.

Горные лыжи — это высокий стиль, у всех костюмы, все в горы, катается один хозяин, все остальные зрители в баре с панорамным видом на горы, где гордо реет отец корпорации. Пока он съезжает, все пьют водку с огурцами и говорят о достоинствах трассы и особенно хозяина, оценивая его езду тостами в режиме онлайн. Далее обед в оленьем стойбище, VIP-шатер, мясо на вертеле, ледяная водка, а потом гонки на оленьих упряжках на кубок корпорации. Первым приходит экипаж руководителя, потом все остальные в порядке владения пакетом акций. Зам. хозяина не участвовал, был снят за допинг, имодиум для желудка незаменим, переел жареного.

В лесу было накурено

В отеле готова сауна, где группа по старой финской традиции парится все вместе, потом бассейн и бар возле бассейна, где выпаренное пополняется не отходя от кассы.

Вечером конкурс «Мисс природа». После первой ночи нужно снова поменять декорации, девушки с утра уехали в номера-отстойники, где они живут до вызова к своему возлюбленному. Итак, фанфары, дефиле, девушки проходят на сцену, и начинается конкурс.

Сценарий стандартный: дефиле, купальники, интервью, где нужно показать ум и изобретательность, и все. Все уже определилось по второму кругу. Маски сорваны, идет попойка, костюмы побоку, кэжуал, как говорят гламурные журналы. Девушки обнимают новых любимых, кто-то жалеет, что вчерашний кавалер поменял ее на подругу, он как раз был ничего — не противный. Юмористы шутят, готовится сольный концерт хозяина, он умеет и любит петь и относится к этому очень серьезно. Репертуар у него большой, трудные

Валерий Зеленогорский

по вокалу песни советских композиторов (типа «Песняры» и репертуар Валерия Ободзинского, золотого голоса семидесятых), хозяин — выпускник спецшколы и «керосинки» (нефтяной институт). Он на английском поет Джо Коккера, Ф. Коллинза с Томом Джонсом. Попсу и шансон не поет, но другим разрешает. Записал себе альбом в хорошей студии, дарит его только близким, и на Горбушке его не найти. Принимают его пение хорошо, но когда он расходится и поет три-четыре часа подряд, хочется его убить или перерезать ему горло. Но все сидят и слушают. Уйти может только его бывший учитель, зам. хозяина имеет право за выслугу лет. Допев свой четвертый час, хозяин со своими плюшевыми зверушками-подружками уходит для садомазохистских упражнений, любит полаять в ошейнике под каблуком госпожи. Быть с ним в одной сауне невозможно — спина и жопа все в шрамах от кнута, смотреть больно, но его, по-моему, это не смущает. Хозяин ушел,

В лесу было накурено

начался разгул. Четыре часа песенного застолья вынуждают к действию. Танцы на столах, где патриции и рабыни сливаются в объятиях. Посуда летит, официанты давно уже жмутся в углах, в глазах у них немой укор, но за все заплачено — гуляй, Вася. Утро третьего дня — апофеоз, никто уже не рассматривает на завтрак йогурты, сразу к стойке без поклонов здоровому образу жизни. Пиво — взяли, водка — давай наливай, в культурной программе музей деревянного зодчества и этнографический обед с рыбалкой. Едут только дедушка-заместитель и юрист в надежде познакомиться с каким-нибудь аниматором или официантом для духовной близости. Все остальные спят в номерах или пьют в бассейне, какие музеи, если все рядом. Ночь в это время года начинается часа в три дня, и некоторые участники тура так и не видели заполярного дня. Ложились утром, просыпались в обед, уже темно, тут и здоровый запьет в темноте кромешной. Я теперь понимаю, почему

Валерий Зеленогорский

скандинавы так пьют, а что делать во тьме? В бассейне группа пьющих принимает решение построить девушек — оборзели, сачкуют, стараются увильнуть от работы по прямому назначению. У начальника службы безопасности одна сбежала, пока он принимал душ, в пять часов утра. Обнаглели, суки, надо построить, все с этим согласны, даже довольные своими результатами. Вызывается старшая группы и получает приговор, что если сегодня кто-то выступит не по делу, будут наказаны долларом все, коллективная ответственность «Один за всех, и все за одного».

На заключительном гала-ужине сияют костюмы и коктейльные платья, все чинно и благородно. Тосты, как здорово, что здесь сегодня собрались, возьмемся за руки, чтоб не пропасть поодиночке. «Копперфилд» показывает лучшие трюки: кольцо, подаренное девушке, победительнице «Мисс природа», находят в свежем лимоне, жена фокусника, завязанная огромной веревкой от головы до ног, оказывается через мгновение в пиджаке хозяина с веревкой поверх него, и в финале фейерверк под песню «АББА» про Новый год. Официальная программа тура выполнена, секс-работницы идут в номера отдавать долги. Утром вылет на Родину, где ждет меня жена ненаглядная. В аэропорту куплены подарки, девушки получат бонусы, мужчины от трапа уезжают по домам, с девушками никто не прощается, занавес упал. Финита до следующего выезда летом, наверное, это будет Азия. А Новый год с семьей в Дубае!

Презентация как форма существования

Новый быт российского человека в девяностые годы пополнился новым видом досуга. В различных местах стали накрывать столы с икрой, осетрами и выпивкой и собирать всех, по принципу «Жук и Жаба», а также знаменитостей и кормить всех до отвала, дарить по-

Валерий Зеленогорский

дарки, и все это на халяву. Ходили все, а желали попасть все остальные, кого не звали, а так хотелось. Появилась специальная группа людей, это был мощный отряд отчаянных людей, со своей разведкой и группой выработки легенд проникновения, эти люди легендировали себя под артистов, журналистов, официантов, ярким примером и гордостью была военная форма с трубой в чехле от контрабаса, в который входило до полутонны еды и выпивки. Они заходили, быстро определяли самые сочные куски на столах и начинали работать тремя группами — группа алкогольных напитков и холодных закусок, подразделение горячих блюд и десерта. Я видел сам, как один из них выпрыгнул на блюдо с осетром с кошачьей грацией Мэйджика Джонсона и забил двумя руками в свою сумку осетра, которого нес двухметровый официант.

Особенно ярким и колоритным из них был мастер жанра по кличке Орел из Риги, он работал один, без прикрытия, специализиро-

В лесу было накурено

вался на приемах со спортивным уклоном. Его фишка была в том, что он ходил с теннисной сумкой, украденной из раздевалки у самого Макинроя на Кубке Кремля, с торчащими чехлами ракеток и имел абсолютный рекорд по упаковке деликатесов и алкоголя на скорость и качество. В те же секунды он пулей залетал в VIP-зал под предлогом проверки качества анчоусов и добавлял в сумку мелкие сувениры от генерального спонсора (Гермес, Дюпон), говно он не брал, а цветочную композицию для девчонки с филфака, которую нежно любил, добавлял из любви к искусству фитодизайна. Его все знали в лицо, и тогда он стал пользоваться париками и скульптурным гримом с помощью пьяницы-гримера, у которого он снимал комнату на Рябиновой улице. Его фантазии не было края, у него на руках были десятки удостоверений разных фондов и правительственных организаций, представительств несуществующих государств, но особенно он гордился своим ноу-хау — удостоверением в шкуре горного оленя с единственной надписью «Проход всюду», с орлом, триколором, цветной фотографией его в военной форме генералиссимуса, с собственной подписью, разрешающей себе самому все. Потом он стал ходить везде со своей девушкой, знакомить ее со всеми знаменитостями, его знали, он уже бурчал, если не было «Блю Лейбла», а пить «Джек Дэниелс» было ему уже западло. Его пригласили в корпорацию по связям с общественностью, он теперь звезда светской хроники.

В плену Афродиты

В середине девяностых Кипр был для многих русских первой страной экономической эмиграции. Люди зарабатывали первые деньги, бросаясь в офшоры, в безналоговый рай, строили дома, селились на берегу моря и готовились прожить в райских кущах до старости. Русские туристы, пока еще не готовые

В лесу было накурено

к Испании и Лазурному Берегу, бросались на каменные берега Средиземного моря, поглощали нехитрую греческую еду и пили «Метаксу» — коньяк местного происхождения. В разное время после шоковой терапии была мода на разную выпивку: россияне, имевшие в арсенале разновидности алкоголя, такие как водка, вино и шампанское, ринулись пить разноцветное зелье, изготовленное в подвалах Польши и Венгрии.

Первым хитом, помнится, был «Амаретто», псевдоитальянский ликер с миндальным запахом в различных вариациях: «Амаретто ди Саронно», «... ди ...» и т.д. Выдуманные польскими алкогольными рекламодателями названия звучали как песня. Если по названиям провинций Италии, употребляемым в марке «Амаретто», составить карту Апеннинского полуострова, то можно сразу стать и Колумбом и Васко да Гама.

Второй знаменитостью была нешведская водка «Абсолют» того же венгерского розли-

Валерий Зеленогорский

ва с цветными добавками: черная смородина, лимон и еще что-то, что, уже не помню.

Из коньяков признана была, конечно, «Метакса».

Главное открытие тех лет — это мартини, за это можно было получить от девушки все, включая ключи от квартиры. На вопрос, что вы будете пить, ответ был всегда один: «Мартини бьянко». Название так грело душу и возвышало их.

Так вот: Кипр, «Метакса», таймшер — символ успеха 90-х, как спутник, балалайка и советский балет для нерусских.

В это благословенное время по заказу одной из телекомпаний в творческую командировку поехала группа мастеров жанра. Цель была снять «Новогодний огонек» на Кипре под пальмами с русскими звездами, которые должны были петь хиты прошлых лет. Квартет состоял из лебедя — популярный телеведущий, рака — продюсер и щуки — художник-постановщик, был еще и режиссер — моло-

В лесу было накурено

дое дарование, но какое он был животное, я уже не помню — забыл басню. Цель была проста: найти пятизвездный отель с большим бассейном, построить елку-пальму и снять снежную феерию под кипрским солнцем. Идея не совсем ахти, но жизнеспособная и оправдывающая съемки за границей, что тогда считалось круто. Ездили мы на джипах по всему острову с утра до ночи, искали натуру для развлечения, играли в игру с очень простыми правилами. Нужно было загадать известного человека из любой сферы и за минимальное число наводящих вопросов определить его имя (Чапаев, Рафаэль, Екатерина II). Составили пары: продюсер с телеведущим и художник с режиссером. Играли часами; художник с режиссером всегда проигрывали, что выводило художника из себя. Телеведущий знал все: например, все песни советских композиторов, слова, музыку, авторов текстов, все до последнего гвоздя — победить его было невозможно. Художник

Валерий Зеленогорский

всего не знал, и даже огромная воля и бешеная энергия не давали ему победы. Класс бьет силу — смириться с этим он не мог и раз за разом просил начать новый раунд.

Мы проехали весь остров: Пафос, Ларнаку, Лимасол, Айя-Напу — что-то где-то кого-то не устраивало, ракурсы, фокусы, экспозиции! Они так заебали творческими поисками, что хотелось уже перенести «Огонек» в Москву и закрыть тему, но вдохновение не оставляло мастеров, отбивших себе жопы на дорогах Кипра. Пришел день рождения продюсера, и в связи с этим был запланирован ужин в старом порту на берегу моря в ресторане, славящемся свежайшими морепродуктами. Художник был человек с выдумкой и подготовил вечер с исполинским размахом: он любил экзотические подарки, умел выбирать нечто и дарить это с театральными эффектами. Гости уже собрались: вечер на берегу моря, рыба плещется в аквариуме, ледяная водка, — но художник задерживается, застолье течет в хо-

В лесу было накурено

рошем темпе, атмосфера — душевная. Продюсер-именинник рассказывает истории своей немудреной жизни — это был его конек в застолье. Это было золотое время их трио. Все любили друг друга, делили все поровну, и за столом им не было равных. Они втроем поднимали любой стол на уши; еще живы свидетели этих феерических импровизаций, где все цеплялось одно за другое, реплика одного давала буйную энергию другим — это было пиршество остроумия и блеска, которого, увы, теперь нет, ушло в песок с ростом их благосостояния. Пауза затягивалась, художник не приезжал, видимо, что-то не заладилось или сценарий у него был такой. Он знал толк в режиссуре малых форм, особенно ему удавались заключительные аккорды. И вот тогда под музыку Е. Доги из фильма «Мой ласковый и нежный зверь» въезжают тележки из-под напитков, на которых стояло десять фигур, по очертанию женских, закрытых в покрывала, и вслед за ними выходит улыбающийся художник, довольный произведенным эффектом. Свет потушен, звучит барабанная дробь, покрывала одновременно падают, и взору публики предстают десять девушек всех цветов и оттенков, рас и географических точек. Художник объявил, что это подарок и можно выбрать двух или забрать всех. Состав был высокохудожественным: две филиппинки, три славянки (Румыния, Болгария, Словакия), три представительницы монголоидной расы и две девушки из Эстонии (они представляли северные народы) — вот такой букет ООН. Именинник слегка охуел — такой выбор ему делать не приходилось никогда! Ну, бывало, выбирал из двух некрасивых лучшую, но так никогда. Особое удивление вызывало то, где он раздобыл все это великолепие. Творческий коллектив за два дня до этого проехал по всем притонам Лимасола, видел весь контингент — чистый порожняк! В центральном притоне, где были собраны лучшие силы, был проведен кастинг, где в роли эксперта высту-

В лесу было накурено

пал продюсер, человек с опытом посещения борделей Европы и Азии. Он обстоятельно выспрашивал хозяина о каждой из них, выясняя условия употребления живого товара. Последней каплей для хозяина-албанца был невинный вопрос: «Можно ли их использовать сзади?» Он понял, что здесь особый случай, и сказал, что в баре у него стоит парень, который любит это дело, и не надо морочить голову. Из притона выгнали всех после того, как режиссер предложил заплатить за товар заблокированной кредиткой с истекающим сроком действия. Албанец вежливо сказал, что прокатать эту карту можно только в заднице у бармена, и это его порадует. И после всего этого художник выставил такой эксклюзив!

Выбирали недолго, монголоиды были отвергнуты из-за птичьего гриппа, эстонки — как бывшие соотечественницы. Колебания возникли между славянками и филиппинками, девушка из Словакии по имени Миша от-

Валерий Зеленогорский

пала по понятиям — «какой Миша?». Тянуло к филиппинкам; парочка была еще та: внучка и бабушка. Они были второй день в стране и очень боялись, что их не возьмут. Продюсер провел геополитический анализ и понял, что лучше помочь бедной Румынии, а не «азиатскому тигру», который был уже на подъеме, болгарку взял режиссер. Все поехали в самый большой найт-клуб Кипра, где хотелось разжечь себя танцами на столах. Филиппинок тоже взяли, хотя художник хотел только внучку, но внучка шла в комплекте с бабушкой. Мы, бывшие советские, понимали, что к дефициту всегда давали сопутствующий товар принудительного спроса. Румынку звали Ригонда, имя ее было по марке радиоприемника или еще чего-то, она жила в Венгрии и была там национальным меньшинством — это и определило мой выбор. Вся группа приехала в клуб, где местные уже танцевали на столах; хозяева клуба встретили нас с почетом, художник сразу нарисовал им картину процве-

В лесу было накурено

тания клуба с фантастическим шоу в его исполнении, которое привлечет сотни чартеров из стран СНГ, Америки и Израиля. Мы получили с ходу VIP-стол с открытым баром, нам представили группу танцовщиц из Харькова, которым художник предложил работу в «Новогоднем огоньке», о котором они и не мечтали. Они готовы были ехать с нами в «Фор сизонз», где мы жили, но, поколебавшись, им было отказано. В гостинице все разошлись по номерам: художник с филиппинками, я с Ригондой, режиссер — с болгарской розой по имени Иорданка. Продюсер жене изменять не хотел по этическим соображениям — она была беременна. Через десять минут позвонил режиссер и спросил, как дела. Дел у меня не было, и мы пошли к художнику проверить его потенциал. За дверью его люкса громко играла музыка, стоял дикий вой раненого марала. Мы стали стучать — он не открывал, еще в машине мы пришли к выводу, что эти два плюшевых медвежонка — «бабушка и

Валерий Зеленогорский

внучка» — дадут жару в честь своего приезда на славный кипрский берег. Мы опять стучали ему в дверь, кричали: «Открой, имей совесть, подарок ебешь!» — но он выл, как будто с ним работал доктор Менгеле, специалист по операциям без наркоза в Дахау.

Вернувшись в номер, я захотел спать и предложил режиссеру румынку, чтобы освободить свою постель от инородного тела. Режиссер взял — он тогда уже любил бонусы. Утром на завтраке состоялся разбор полетов.

Первым легко отчитался телеведущий; грязных помыслов он не имел, спал с открытым окном, был свеж и бодр после бассейна. Режиссер тоже был доволен, но скрыл, что кроме болгарки, на сдачу взял и румынку, — он всегда был скрытным. Продюсер долго раздумывал, соврать ему или сказать правду: воспитание врать не позволяло, и сказал, что девушка была не востребована, как вся румынская литература. Художник молчал, ковыряясь вилкой в омлете, и не реагировал на отчет товарищей. Потом он зашептал сиплым остатком голоса, что медвежата порвали его, как тузика, что бабушка, оказывается, преподаватель любовных игр центра подготовки супертелок для Потайи, а внучка имеет черный пояс по минету. Особое очарование придавало этой парочке то, что они были ростом с сидящую собаку, совершенно одинаковые, как близнецы. Он сказал, что сорвал голос во время оргазма, а их было восемь затяжных и два средних.

Работа уже не имела никакого смысла, «Огонек» не состоялся, но жару мы дали.

Телеведущий сам реализовал этот проект и получил «Тэфи».

Кремлевские страсти

Бушевали страсти в России всегда, равенство и свобода были только в сфере взаимного проникновения полов. Люди любили это дело в цехах, на пашне и даже в кремлевских

Валерий Зеленогорский

кабинетах. Отношение к этому делу было очень серьезным. Я знал одного чиновника, звали его Хариков, который переделал окна в своем кабинете только для того, чтобы подоконник был выше на полсантиметра, так как с его ростом он не мог на этом подоконнике использовать секретаршу по прямому назначению. Стену сломали, была примерка полового акта на макете, и только тогда он переехал в свой кабинет, где смог полноценно управлять трудовыми резервами. Сила была в нем нечеловеческая, Хариков был скромен, взятки не брал, но слабостям своим потакал с большим энтузиазмом. Особенно он любил экстремальный секс, место чтоб необычное, к примеру, метро или в женском туалете казино, зная, что там видеонаблюдение. Домой приводил, когда жена в салоне красила ногти, и попал однажды в непонятное. Приходила к нему из соседнего подъезда остро нуждающаяся студентка на скоропалительный секс с элементами психоделики. Сам он наркоти-

В лесу было накурено

ки не принимал, а студентка любила марочку приклеить в период совокупления. Так вот, жена в салоне, студентка в квартире, время в обрез, и тут звонок в дверь, жена на маникюр не пошла — свет в салоне отрубился — и в дверь ключ сует и в звонок звонит. Наш герой уже засунул и вынимать не хочет, прерываться — последнее дело, жена по мобильному звонит, номер определился, не отвечает и в этот момент кончает, все у него удалось, надо ликвидировать кризисную ситуацию. Жена за слесарем в ЖЭК пошла, подумала, что мужа паралич разбил или приступ, студентка уже готова была улететь в мир своих наркотических иллюзий и встать не могла, колодой лежит и Кобэйна насвистывает. За дверьми возня идет нешуточная, жена в дверь всеми членами колотит, и тут Хариков принял единственно правильное решение. Он набирает свое родное отделение УВД и говорит дежурному прямо как на духу, что попал по мужскому делу — надо выручать, долларов сто обе-

Валерий Зеленогорский

щает экипажу немедленного реагирования. Экипаж мухой прилетел, жена, как водится, без документов, где прописка, почему ломитесь в чужую квартиру и т.д. В обезьянник ее закрыли с лицами без документов. Хариков студентку вытолкал, паспорт жены взял, в отдел зашел, освободил ее, бедную, за сто долларов из ее кошелька, и пошли они домой рука об руку. Жена плакала, думала, что он умер, а вот и нет, спал Хариков как младенец, устал очень, что было правдой.

Как-то я сам услугу Харикову сексуальную оказал (на очередном приеме в Кремле после сокрушительной победы российских теннисистов — спорт № 1) по заданию организации, на которую тогда работал. Организация спорт поднимала в разрушенной перестройкой стране сигаретами и водкой. В то время Хариков уже перешел на работу в Кремль и после трудовых ресурсов стал управлять валютными, могучий человек был, все его любили и окучивали.

В лесу было накурено

Была у меня певица знакомая, приехала в Москву с Севера брать музыкальный олимп, пела она не очень, но дать могла любому, если для дела, без дела она не очень любила, но для дела, для карьеры музыкальной это завсегда, с вашим удовольствием. Когда-то она работала в привокзальном ресторане своего города, один командированный сказал ей, что она похожа на Мэрилин Монро, певица была брюнеткой, как и натуральная Мэрилин. Наутро она перекисью сделалась блондинкой, нарисовала мушку черным фломастером под глазом. Белое платье у нее было, к нему она докупила маленький вентилятор, и когда вечером она спела хит М. Монро и в финале песни включила вентилятор, платье ее затрепетало, и народ в ресторане увидел ее белые трусы, она поняла, что надо ехать в Москву, в Нью-Йорк пока было рано. В Москве она работала в театре двойников, выступала на презентациях, ее лучшей подругой была Маргарет Тэтчер из Ховрино, ненавидела обоих

Валерий Зеленогорский

Пугачевых, одной из которых был мужчина из Вологды, который грязно к ней приставал.

Я сочувствовал ей: квартиры нет, двое детей, иногда знакомые хозяева клубов давали ей работу. Перед приемом я встретил ее случайно на улице, она спросила, что будет в ближайшее время, ближайшим был прием в Кремле, я дал ей билет. Наша Мэрилин очень хотела успеха на сцене, но билась как рыба об лед и, кроме вентилятора, поддувающего ее белое платье до трусов, ничего придумать не могла, а так хотелось выйти в лучах юпитеров на сцену Кремлевского дворца и спеть «Нью-Йорк, Нью-Йорк». Я ей такой шанс дал. Рутинная часть прошла, все знаменитые артисты спели свои заезженные песни, горячее съедено, зал гудел, публика изрядно набралась. Я следил за перемещением Харикова и отслеживал его настроение. Певица нервничала, и, зная, что в этот период она может выступить без последствий для меня со стороны организаторов, я договорился с музыканта-

В лесу было накурено

ми, и за две бутылки водки они согласились подыграть М. Монро. Первые аккорды песни Мэрилин привлекли внимание американских теннисистов, которые скучали на приеме, еда криминальная, выпивка тоже, а музыка советских композиторов — само собой. Вся американская команда побежала к сцене, за ними все наши, обрадованные, что угодили гостям. Она спела, имея бесконечный успех, я дал команду официантам, и они сняли со стола президиума цветочную композицию и передали певице, шепнув ей, что эти цветы от Администрации Президента. Хариков оживился, он никогда не имел М. Монро, был у него случай с солисткой ансамбля «Березка» на Олимпиаде в Сеуле, но не понравилось, жадная она была, колготки просила купить. Я предложил Харикову поиметь Мэрилин Монро после Джона Кеннеди, ему это очень понравилось, он в Кремле работал немного времени, на работе трахаться боялся: а вдруг не поймут. Шепнул певице, что сейчас в ее гримерную придет Большой человек, и если ему понравится, то ее будущее светлее, чем у ее героини. Единственно, я просил, чтобы она проявила фантазию, и она устроила Харикову хеппенинг (то есть еблю с пляской); когда Хариков зашел в темную артистическую комнату, то увидел картину следующего содержания. На четвереньках напротив огромного зеркала в белом задранном платье стояла Монро и с криком: «Ты царь, бери меня!» — включила свет, эффект поразил Харикова, первый акт в Кремле, с видом на первый корпус и Спасскую башню, этого он желать не смог, и потом не каждый день дает Мэрилин Монро.

Вернувшись в зал весь взъерошенный, он сказал мне, проси что хочешь, я достал из папочки письмо о выделении квот, он подписал не раздумывая. Мне он сказал, что у него есть «окно» на границе, и я могу уйти нелегально со своим «лимоном».

Я до сих пор в России, собираю деньги, а «окно» ждет.

В лесу было накурено

Пять звезд,
или Ночь в лучшей гостинице России

Перемены в стране очевидны, раньше попасть в гостиницу было нереально, теперь — совсем другое дело. Позвони за десять минут до решения прилечь за 400 долларов США за ночь, и уже мечта стала реальностью. Все к твоим услугам: бассейн, spa, рестораны, и любое твое желание — их святая обязанность. Сейчас я пересказал рекламный фильм, который стоит на первом канале TV в номере. А на самом деле все иначе.

Шикарный подъезд, золотые двери — и вот ты у ворот рая. Ворота рая сторожит руководитель службы приема Скотов; крупный мужчина со взглядом, останавливающим бычка. Его взгляд заставляет неметь и ноги и руки от радушия.

После выполнения необходимых формальностей и оплаты номера ему было передано

Валерий Зеленогорский

необходимое количество купюр американских денег. Он, плотоядно улыбнувшись, попросил обменять их на рубли, заведомо зная, что обменный пункт в гостинице не работает. Консьерж Златопрахова на мой вопрос об обмене денег посмотрела на меня так, что я покрылся липким потом и перестал желать всего, включая желание жить.

Я прошел в номер и стал поглощать невиданный сервис по фильму, сделанному, видимо, лучшими силами мирового телевидения. Через две минуты раздался звонок из ресепшн, вернувший меня в суровую действительность.

«Где деньги?» — свирепо спросил Скотов без предисловия. Я ответил: «Деньги у меня, пусть кто-то придет и выполнит функцию обмена». Через минуту пришел дормен Глупенко, которому я передал паспорт с деньгами. С улыбкой фавна дормен сказал, что эта услуга (обмена) является дополнительной; я сразу предложил ему копытные в разме-

В лесу было накурено

ре 300 рублей РФ для его сатисфакции. Он покумекал и сказал с достоинством, что эту услугу отель не оказывает и я должен это сделать сам.

Войдя в шикарную ванную для омывания членов, я услышал новый звонок, где знакомый голос Скотова сообщил мне, что я моюсь незаконно, то есть без оплаты, я в ответ сообщил ему, преодолевая струи воды, что без трусов мне сделать это будет нелегко, и положил трубку. В дверь снова постучали; дормен пришел и устно передал, что мне нужно оплатить. Я понял, что жить мне здесь не дадут. Я позвонил Скотову и сказал, что я сыт сервисом лучшей гостиницы России и хочу выехать немедленно — меня не уговаривали.

— Сколько будет стоить этот час неги и радости?

Он сухо ответил, что 100 у. е. Условия были приняты, я с мокрой головой и растерзанным сердцем спустился в холл, где и предложил

Валерий Зеленогорский

Скотову 100 у. е. за доставленное удовольствие. Дорога из номера в холл дала время Скотову поменять решение: цена возросла втрое. Я не спорил, достал три купюры по 100 долларов. «Поменяйте деньги, — радушно сказал Скотов, — и разойдемся красиво». Я красиво не хотел и попросил пригласить начальство. Оно пришло в виде начальника Скотова, и, выслушав мою версию происходящего, мне предложили шикарный вариант. Отель дает мне машину, я еду менять деньги, возвращаюсь назад, плачу, и они в порядке компенсации за моральный ущерб везут меня домой в пределах Садового кольца, даже не спросив, где я живу.

На мое счастье, к стойке подошел мой знакомый, который одолжил мне рубли для расчета. На следующий день я позвонил в администрацию гостиницы, где, внимательно выслушав мои претензии, сказали, что все обстоятельства будут исследованы и мне доложат о результатах. Мой друг, кото-

226

В лесу было накурено

рому я все рассказал, предположил, что никакого морального и материального ущерба я не возмещу. Я надеялся и поспорил с ним, что лучший отель России, входящий в мировую сеть VIP-отелей, не будет терять лицо.

Кто оказался прав? Конечно, не я. Они решили не терять лицо и плюнули мне в рожу. Никто не звонил, электронная почта молчала. Я через неделю приехал в эту гостиницу опять и встретил все те же пять звезд российского сервиса: Скотова, Златопрахову, Глупенко, начальника службы приема и представителя администрации отеля. Меня поселили, обменяли деньги, но попросили впредь делать это самому. Данная услуга была оказана мне в порядке исключения. Я позвонил в офис отеля, где мне радостно сообщили, что меры приняты, виновные наказаны.

Моральный ущерб я возместил доброй выпивкой, а материальный — гонораром за эту публикацию.

Валерий Зеленогорский

В поиске своего лица

Хариков напился на приеме, устраиваемом женой своего приятеля-олигарха по поводу открытия летнего сезона. Жена олигарха была очень активной; стремилась разнообразить скучную жизнь. На этот раз встреча друзей была тематической — азартные игры. Столы-команды соревновались в азартных играх: наперстки, очко и т.д.; был еще свинфутбол: молодые поросята в цветах «Челси» и ЦСКА пинали рылами мяч в загоне на улице перед рестораном, азарт был большой, запаха не было. В другом зале пели звезды эстрады, но Хариков не участвовал во всем этом — пил и к четырем часам ночи был в ауте. Давление на подсознание было таким сильным, что, взяв дома деньги, он поехал в казино, где в это время уже никого не было. Три раза он ездил домой за деньгами и к десяти утра проиграл годовую зарплату всех учителей Красноярского края.

В лесу было накурено

Целый день после этого он спал, анализируя свое мерзкое поведение. В одном из снов в забытьи нарисовалось лицо женщины, которую он встречал нередко последний год играющей в игровые аппараты по маленькой. Она не вписывалась в этот интерьер, лет ей было около шестидесяти, одета — по моде 75-го года, химическая завивка и совершенно пустые глаза обреченного человека, азарта в ней не было, единственно, что отличало ее, — это пристальный взгляд на экране, где она, всматриваясь, что-то искала или хотела увидеть. Однажды с выигрыша Хариков дал ей 100 долларов, они познакомились, и Нина рассказала свою историю.

Нина была врачом-гинекологом на кафедре клиники Первого меда, зарабатывала неплохо, у нее были свои клиентки; вырастила двоих детей, выучила их, любила их и своих внуков, но больше всего она любила своего мужа Семена: азартный, живой, энергичный человек, коренной одессит, любивший

Валерий Зеленогорский

выпить, погулять, он играл в карты с десяти лет. В доме его родителей вечерами играли в дурака и бридж с друзьями и соседями. По профессии Семен был дантистом, довольно успешным, его коронки и мосты были удобными, стояли долго, работал он и с золотом, друзей у него было много — пациенты, которые стали друзьями.

Так, обслуживая две слизистые полости людей, они жили безбедно и весело, несмотря на легкие загулы Семена и болезни детей. Квартира, машина, дача у них были, деньги они не копили, помогали детям, отдыхали в Крыму, что еще надо! Семен каждую неделю играл в своей компании в преферанс по 10 копеек вист, выпивали, смеялись, обычный досуг советской интеллигенции в советское время. Время от времени Семен заводил шашни с бабами, но Нина держала руку на пульсе и его в руках, он не сопротивлялся. Беда пришла после 95-го года. Успешный дантист открыл частную клинику,

В лесу было накурено

дело пошло, появились приличные деньги, компания по преферансу распалась — кто-то умер, кто-то уехал, и Семен стал посещать казино, играя там все азартней и азартней. Нина не беспокоилась, ну играет мужик, деньги есть, лучше карты, чем бабы. К Нине муж относился неплохо, цветов и подарков не дарил, но в тратах не ограничивал и на каждый день рождения говорил: «Купи себе что хочешь». Нина хотела просто маленький букетик, и все, Семен считал это глупостью, и представить себя с цветами после 18 лет было выше его сил. Папа Семена тоже не дарил цветы своей жене Розе, да она и не просила, и так, слава богу, неплохо, муж с войны пришел живой, дети здоровы. При всем при этом он любил Нину, как своего близкого человека, но не переносил, когда она болела или жаловалась на нездоровье, он в такие минуты не знал, что делать. Он мог вылечить зубы, но мигрень и плохое настроение он лечить не умел.

Валерий Зеленогорский

Играть он начал азартно и страстно, видимо, вирус игромании в нем спал до сих пор. Он полюбил атмосферу казино, новых знакомых и много времени проводил там, как в клубе по интересам. С годами его энергия стала постепенно иссякать, а в игре он переживал сильные страсти, секс уже не привлекал его, аденома, возраст и заморочки с девками отошли на двадцать второй план. Делами в клинике заправлял сын, хороший, добросовестный парень, желающий успеха. Семен приезжал утром, брал деньги в кассе и ехал обедать в казино, и так каждый день, кроме выходных.

В выходные он исполнял роль отца, мужа и дедушки. Зимой в городской квартире в воскресенье был обед всегда в четыре часа. Нина делала традиционный обед: фаршированная рыба, много салатов, борщ в огромной фарфоровой супнице был всегда отличным, мать Семена научила Нину готовить еще в молодости, на горячее котлеты из трех ви-

В лесу было накурено

дов мяса, пюре, потом фрукты и чай с «Наполеоном» с таким жирным кремом, что из него можно было делать маски для больных псориазом.

Дети приходили уже с неохотой, внуки вообще бунтовали, сидеть три часа за столом и давать отчет «какие оценки, что задавали» никому не нравилось. Внуки хотели играть в компьютер, бежать во двор, но традиция была незыблемой. Пили мало — дети вели здоровый образ жизни — по бокалу вина. Нина не пила вообще, внуки — колу, а дома Семен пить не мог, не шло как-то. Он быстро ел, задавал свои вопросы детям и внукам, целовал их и уходил к себе спать, отягощенный едой и довольный, что сохраняет традицию семьи, как его отец и дед.

Иногда в субботу он ходил с внуком в какой-нибудь мультиплекс, где мучился в кресле на фильмах типа фэнтези и прочих страшилках. Запах попкорна и звук, которым так гордятся кинохозяева, раздражали и пугали, мешали спать во время просмотра этой херни. Он дожидался вечера, шел в свое казино с ощущением исполненного отцовского и семейного долга. С годами он редко стал общаться с людьми, неинтересно стало, все за шестьдесят лет уже было сказано, а пересказывать анекдоты из Интернета было оскорбительно для его живого ума. Он стал играть много, ночами тратил больше и больше денег, нервничал, заводился, но, возвращаясь под утро домой, забывал все.

Нина заметила эту перемену не сразу, пропустила момент падения и перехода грани, стала более внимательной, на дачу ездить перестала, больше старалась быть дома. Какое-то время Семен успешно скрывал свои неудачи, но когда сын сказал ей, что в клинике не хватает в кассе огромной суммы, она решила поговорить с ним.

Разговор вышел тяжелым, Семен орал на нее, говорил: не лезь, все под контролем, деньги будут, я завяжу, мне это несложно. Два

В лесу было накурено

дня покоя, и опять все вернулось на прежние круги. Он стал много пить, дома не разговаривал, стал несносным и медленно, но верно шел к пропасти. Нина плакала, умоляла, стыдила его, подключала детей и внуков, ничего не помогало. Вспоминая свои терзания по поводу баб, она оценила, какая это была чепуха против нынешнего разрушения ее любимого, дорогого человека. Однажды она даже пошла с ним в казино, но ничего не поняла. Семен был сначала скован ее присутствием, но азарт взял свое, он оживился, и она увидела своего Семена совсем другим — таким она не видела его очень давно! Таким он был только в ранней молодости, когда после института купили кооператив, и он водил ее в театры, и делился с ней всеми своими мыслями, часто обнимал и приставал по утрам. Нина поняла, что он здесь удерживает свою молодость и силу, которые, видимо, уже оставляли его.

Увиденное убило ее, депрессия и меланхолия накрыли ее свинцовой тучей, она по-

Валерий Зеленогорский

няла, что теряет его. Весной он заигрался до того, что упал без сознания у стола на несколько секунд. Это его испугало ненадолго, придя в себя, он обеспокоился, не спиздила ли охрана его выигрыш. Потом, спустя несколько дней, он выиграл кучу денег, пришел домой утром веселый, добродушный, впервые купил Нине букет. Открыл дверь ее спальни, поставил букет в воду, снял резинки с пачек, засыпал ее зелеными бумажками и пошел к себе в кабинет спать — завтра придут дети, надо дать им денег на подарки — и заснул.

Больше живым Нина его не видела. Утром она встала, удивилась неслыханной щедрости. Тихонько открыла дверь кабинета, посмотрела, спит ли касатик, и пошла готовить свой кофе, который любила утром пить, соблюдая ежедневный ритуал. Это было ее время: желтые розы были ее любимыми, он дарил ей их в период брачных игр, это ей напомнило то время.

В лесу было накурено

К обеду она пришла поднять его, но он ничего не отвечал, и когда она потрясла его, потрогала его за плечо, все стало черным, позвонила дочь, она в помешательстве сказала, что папа не дышит, остальное она не помнит: ни приезд «Скорой», ни глаза детей, ни похороны, ни поминки, очнулась она на третий день после всех таблеток, которые ей давала дочь, сидящая с ней уже третьи сутки. Дочь она отпустила, обошла комнаты, все сияло и блестело, в кабинет она войти не смогла и легла опять, провалившись в сон, в котором ничего не было — ни цвета, ни картинки, ничего, кроме рваной тьмы.

Через день дочь отвезла Нину на кладбище, венки завяли, фотография Семена испугала ее, он не любил фотографироваться, поэтому была фотография с заграничного паспорта в каком-то свитере, единственная, которую нашли в бардачке машины. Нина вернулась домой, телефон молчал, она попыталась выпить, не получилось. Позвони-

Валерий Зеленогорский

ла подружке, завкафедрой, поплакали. Они дружили, подруга предложила ей выйти на работу, чтобы переключиться и начать жить для детей и внуков. Нина вышла на работу, делала ее механически, а вечерами тупо сидела в кухне, пила литрами кофе, курила пачками, спать не могла. Не плакала, не вопила, сидела и курила.

Подруга с кафедры позвала в казино отвлечься и переключиться. Нина вяло отказывалась, но потом приехала и просидела с подругой у стола несколько часов. Не играла, но почувствовала нечто в этой атмосфере, что-то такое, что витает в воздухе. Образ Семена впервые за эти дни стал более осязаемым, как будто его энергия осталась в этих стенах, и она почувствовала впервые за эти дни маленькое облегчение. Она забросила работу, взяла отпуск, дети и внуки отодвинулись в ее голове далеко. Она каждый вечер приходила в казино, начала потихоньку играть в автоматы, не понимая, что она делает, и однажды при

В лесу было накурено

нажатии кнопки на аппарате ей почудилось, что среди картинок, вращающихся на экране, она увидела своего Семена, живого, смеющегося, таким, каким она его видела во время их посещения казино. Она поняла, что он живет внутри этих железок, и он придет еще и еще раз, и она опять увидит его. Каждый день она приходила туда, экраны светились, вращались картинки, она вглядывалась в экран неотрывающимся взглядом, он появлялся неожиданно, как удар молнии, возникал и моментально исчезал, но она успевала увидеть его и даже поговорить с ним. Вот уже целый год она ходит на свидание со своим Сеней, иногда плачет, понимая, что прошлой жизни нет, зачем было мучить его, копить для детей и внуков на будущее, на пенсию. Она за год проиграла много, почти все свои деньги, накопленные втайне от мужа на учебу внучке, проиграла все свои цацки (сережки и кольца), почти все. Но каждый вечер она идет на свидание с ним, и встречи — это все, что у нее осталось. Она тоже хочет прийти к нему по ту сторону экрана и быть с ним, как всегда в той прекрасной жизни, когда не было этого блядского казино и они были счастливы.

Кот-д'Азур, ля мур, тужур

Лазурный Берег всегда имел русский колорит. До революции там зажигали русские князья, Набоков в Ницце в «Негреско» нашел покой после крушения советского строя. Просмотрев Турцию, Кипр и Канары, наиболее продвинутые люди поехали в Кот-д'Азур, стали покупать виллы в Сен-Тропе и Кап-Ферра и селиться в Монако для налоговых фокусов. Первый десант русских нуворишей высадился в 1993–1994 годах, решивших, что после путча назад дороги не будет и можно уже столбить себя на Кот-д'Азур. Стали арендовать дорогие виллы, лодки, чем длиннее, тем лучше. Казино «Де Пари» и дискотеку «Джиммис» заполнили русские плейбои и их

В лесу было накурено

девушки, создающие конкуренцию в тратах арабским шейхам и европейской элите, разъезжающие по миру и дрейфующие целый год на «Формуле-1», карнавалах Рио, Уимблдоне, скачках в Аскотте, танцах на Ибице и боях профессионалов бокса в залах Северной Америки, сидящие на VIP-местах суперзвезд: Мадонны, Джексона и П. Маккартни. Потом будет Куршавель, футбол в Лондоне и дни рождения на Таити с бюджетом в три-четыре миллиона. Все это еще впереди, а десять лет назад зажигали самые яркие из первой волны, нарубившие капусты. Многих из этой плеяды нет, но легенды об их дебютах еще гуляют по пляжам Лазурного Берега. История, которую мне рассказал Хариков, происходила на Лазурном Берегу в те благословенные времена, когда в Москве уже смыли кровь и копоть со стен Белого дома и до дефолта было еще далеко. Компания, торгующая в России французским вином, пригласила основных игроков российского рынка в Бор-

Валерий Зеленогорский

до на винный аукцион. Харикова пригласил обладатель самого крупного винного бутика в России, его приятель, обрусевший московский грузин по имени Князь, широкий, умный, изящный человек, любивший гульнуть, так что шум трещал о его похождениях в светской хронике по году. Хариков тоже был не дурак по этому делу, особенно за счет заведения. Так вот, вылетели они в Бордо на личном «фальконе» Князя с Внуково-3 в компании с друзьями, стоившими каждый не менее полтинника в условных и безусловных единицах. В Бордо ничего выдающегося не было, аукцион прошел, из 50 лотов коллекционного вина наш самолет забрал 30, и тут же вечером половина коллекции осталась в желудках наших пассажиров вперемешку с водочкой и виски, которых тоже было немало. Хариков вино не любил, но под давлением группы коллекционеров попробовал бокал какого-то «Шато...» за 30 тыс. долларов без удовольствия, навсегда для себя поняв, что

В лесу было накурено

после «Солнцедара» и портвейна «Агдам», любимого напитка студенческой молодежи 70-х, другого вина организм не принимает, не распознает французские изыски обожженное «Солнцедаром» и «Алжирским» нёбо. Далее курс лежал в Сен-Тропе, где у Князя жила семья на вилле, жена с детьми, тетки из разоренного Тбилиси. Пока мы грузились на яхту в порту Сен-Тропе, Князь навестил семью и назначил праздничный обед в ресторане гостиницы «Библос» в месте, известном всем гурманам Лазурного побережья. Три звезды «Мишлен» (знак ресторана высокой кухни) тянули только на две, Князь все заказал сам, устрицы не брал — не сезон был, но фуа-гра, морепродукты (омаров, лангустинов и прочих можно — сам проверил), сыры — все самое лучшее, вино ему лично принес хозяин из подвала, пожилой господин в костюме ручной работы, в ботинках «Берлутти» и сияющий, как медный пятак от русского стола, с чеком на пятизначную цифру. Заказ

Валерий Зеленогорский

был сделан, но тут Хариков спросил, а можно водочки принести, пивка, лучку репчатого с маслом оливковым и пюре. Хозяин, услышав это, исчез и больше до конца обеда не появлялся, оскорбление от репчатого лука он перенести не мог, но Грузия на Харикова не обиделась: во-первых, он гость, во-вторых, желание гостя — закон, а француз перебьется. Попили, поели, все было превосходно, Князь поцеловал жену, детей и теток, и сборная сексуальных террористов московского бомонда двинулась на Кап-Антиб, где предстоял трехдневный тур. На яхте все, конечно, выпили под песню «Три счастливых дня было у меня, было у меня с тобой...». Эту песню выбрали лейтмотивом предстоящего отдыха. Князь снял дом на первой линии с парком гектаров на 10, бассейн был размером с бассейн «Москва» до постройки храма Христа Спасителя. Дом был старый, и, по легенде, его Сальвадор Дали подарил своей музе Гале на юбилей первого адюльтера, которых впо-

В лесу было накурено

следствии было тысячи. Комнат в доме было около 40, был еще гостевой дом в парке, чуть поменьше основного, но там предстояло жить украинскому десанту женского генофонда, самолет которого уже летел из Киева в Ниццу. Ужин был заказан на террасе с безумной красоты цветами, повар, заказанный на три дня со своими ассистентами, брал 5 тыс. у. е. в день, продукты за счет гостей. В гараже томился «Бентли» Князя, кабриолеты и еще несколько тачек представительского класса для всех участников, чтоб пешком не ходить, слава богу, годы уже не те. В восемь часов прибыл микроавтобус с кудесницами, и в девять под бой курантов Спасской башни на террасе появилась горячая десятка девушек, сборная Украины всех мастей и конфигураций, глаза разбежались, все были хороши, пухленькие, плоские, черные и белые, лошади и Дюймовочки. Ответственный за Лазурный Берег секс-маэстро по имени Петр был мастером по торговле мохнатым золотом.

Валерий Зеленогорский

Ужинали долго и обстоятельно, девушки ели и пили задорно и весело, с хорошим аппетитом, мужчины шутили, говорили тосты, длинные, как на Кавказе, и яркие, как в Одессе. Бывший поэт, а ныне трубный король, читал стихи о нелегкой доле олигарха и о классовой ненависти (события путча, который прошел, болели и в нем, человеке неравнодушном). Украинские девушки, плотно поужинав, стали спивать на украинской мове, что придало французскому вечеру гоголевского колорита. За полночь начали расходиться кто с кем, Князь выбрал себе девушку с нервным, утонченным лицом, похожую на любимую его модель Летицию Каста, с которой в прошлом сезоне провел пять дней в Биаррице всего за 25 штук в день. Эта была более яркая и существенно дешевле, что тоже греет. Кроме всего прочего, Князь из резюме на нее узнал, что она имеет пирсинг в укромном месте. Он дал ей кличку «Стальной Клитор». Металл он любил, так как

В лесу было накурено

блокирующий пакет «Криворожстали» был бриллиантом его металлургической коллекции. Князь спал мало, два-три часа за день, и времени у него было много. Следующим пунктом назначения был отель «Карлтон», где в одноименном казино его знали как крупного игрока, и не только там. Он шпилил по-крупному, и ставки для него устанавливались хозяевами всегда максимальные. Он пригласил с собой Харикова и артиста, любимца Андрея Тарковского, за компанию. Новый «Бентли», спецзаказ, пригнали из дома в Лондоне, и троица поехала в Канн рвать казино. Казино в «Карлтоне», известное тем, что там играют серьезные люди, небольшое, но случайных пассажиров там нет, минимальные ставки велики, и поэтому сразу отсекаются случайные люди. Играли крепко, поставить бывало трудно из леса рук с фишками — как шоколадки плоские, прямоугольники достоинством 1, 2, 3 и 10 тыс. долларов. К пяти утра, на момент закрытия, Князь влетел уже на 300 тыс.,

Валерий Зеленогорский

но несильно расстроился. Мы поехали в дом на Кап-Антиб на отдых. Всем игрокам захотелось перекусить, но в доме было тихо, обслуга уехала до утра, и в доме была только охрана, а старая перуанка, не понимавшая ни слова по-французски и тем более по-русски, осталась в доме стирать носки и трусы гостям. Троица прошла на кухню, остатки великолепного ужина были уже в мусорных баках — в таких домах ужин на завтрак никто не оставляет. Бедная старушка все кивала головой и говорила «си» (по-испански «да») и никак не могла понять, почему русский хозяин так орет: «Где ужин, где мой фазан? Построить всех, будем разбираться, всех порубим». Открыв по порядку шесть холодильных шкафов, полных полуфабрикатов, он нашел лоток с яйцами и французский батон, быстро выпив стакан и заев сырыми яйцами с булкой, он умиротворился и дал уборщице тысячу франков. «Хуй с ним, с фазаном», — сказал он и пошел спать. Утром у бассейна

В лесу было накурено

на завтрак прошел разбор полетов, кто, как и сколько раз поимел Украину, хозяин тоже отчитался. Стальной Клитор выдержал испытание на сжатие и упругость, давление и прочие характеристики, Князь всегда считал, что у него лучший член на Кавказе и в Средней Азии. Утром на яхте поплыли на пляж в Монте-Карло, где ждали друзья. Яхта вместила всех, она была длиннее яхты Валентино, но короче Дональда Трампа, за что яхтенный брокер получил по харе два раза. В Монте-Карло пообедали, покупались в море и вернулись к себе в Кап-Антиб для послеобеденной сиесты и сладких утех. Ужин на бассейне был изыскан: Князь заказал фазана, тушу на вертеле и много всякого. Все поехали в Канн на фейерверк, особенный тем, что он шел полтора часа на барже в море; далеко от берега стояли баржи, с них стреляли, но залпов из-за расстояния было не слышно. Специально записанная партитура из классического репертуара вместе с шикарным фейервер-

Валерий Зеленогорский

ком синхронно под музыку создавала сильнейший эффект. Самыми топовыми местами были веранды «Карлтона», на левой веранде сидели простые туристы, заплатившие за номер не менее 600 у. е. в день, а вот на правой, где в фестиваль всегда сидят звезды, сидела группа русских коммерсантов платино-никелевой группы с девушками, разодетыми, как рождественские елки, с камнями в ушах, освещающими берег не хуже фейерверка. Люди на набережной разглядывали их, пытались узнать их лица, но, к сожалению, не узнавали никого, это хозяевам веранды очень не нравилось, они даже жили всей своей группой в «Эден Роке» — гостинице, где живут суперзвезды на Каннском фестивале. Плохой пиар был в этой компании. После фейерверка все уехали в дом, а троица — Князь, артист и Хариков — поднялась в казино «Карлтона» на второй раунд. Опять засадили двести штук, и Князь уже завелся. Утром на завтраке принимали гостей, творческую интеллигенцию

В лесу было накурено

Москвы. Приехал модный телеведущий с девушкой, у которой овощная фамилия, они по заданию гламурного журнала разъезжали на арендованном «Пежо» и собирали материал об отдыхе новых русских. Хариков на правах приятеля этой пары провел их по дому, прочел им байку про Сальвадора Дали, и когда через два месяца в отчете в журнале «Медведь» он прочитал это, поразился, какая дешевка эта наша журналистика. Телеведущий все хвалил и вино, и сыр, и девушек с Украины, девушка его с овощной фамилией морщилась, она была выше этого и блядей не любила по определению. Телеведущий похвалил двух певуний из группы поддержки, пообещав им промоушн на Первом канале и всесоюзную славу, они возгордились и перестали давать нашим кавалерам, считая, что теперь они уже звезды, но, получив пару раз по голове, решили отложить славу на потом и заработать естественным способом, то есть стоя и лежа. Обед в ресторане «Горный козел», куда поехали на десяти машинах с сопровождением мотоциклистов, с музыкой из всех кабриолетов из репертуара М. Круга и «Белого орла», привлек внимание всего побережья от Канн до Ниццы. Обед в ресторане проходил высоко в горах и был омрачен душевной черствостью французов и каких-то сраных немцев, которым не нравилась песня «Три счастливых дня было у меня...». После второго куплета подошел управляющий и сказал, что здесь не караоке-бар, а ресторан «Мишлен», три звезды, и что орать не надо. Князь предложил заплатить десятку за неудобства, на что получил вежливый ответ засунуть себе десятку в жопу и не портить репутацию ресторану, в который ходил еще Наполеон до посадки на остров Святой Елены. Эго воодушевило обедавших русских, всегда сочувствующих всем, кто сидит или сидел. Поэтому, спускаясь из ресторана вниз до стоянки, они исполнили «Владимирский централ» в честь Наполеона Бонапарта.

В лесу было накурено

Наступал последний вечер на Лазурном Берегу, и повар подготовил фантастический ужин, зажгли все люстры в доме, официанты были все в золотых смокингах, оделись все в белое, девушки — в черные маленькие платья. Князь пришел в полосатых шортах, а девушка, нареченная Стальной Клитор, сидела в гостином доме и плакала от любви к металлургу: он не замечал ее, хотя в первую ночь обещал жениться и купить шубу. Князь резонно отметил, что шуба летом не нужна, жениться параллельно с женой, живущей в Сен-Тропе, он не сможет, так как он человек православный и эти мусульманские нравы ему ни к чему. Ужин прошел весело, все обсуждали последнее событие прошлой ночи, когда один из гостей на выезде из «Карлтона» на хозяйском «Бентли», не зная ни одного языка, прихватил на виллу чернокожую красавицу, представившуюся ему как внебрачная дочь султана Брунея; нашему другу было все равно, ее происхо-

Валерий Зеленогорский

ждение волновало не более чем положение
детей в Гондурасе, и вломить он ей был не
прочь. Они провели чудную ночь, она видела
дом и всю компанию, он обливал ее на бассейне розовым «Кристаллом», а утром, когда
она попросила две штуки и такси до отеля,
он не понял, что ей надо, и попросил ей перевести, что гусары за любовь не платят, но
на такси дал, извинившись, что заказать он
его не может, так как на такси не ездит. Она
уехала, ошеломленная, в отель и всем рассказала, что русские — это что-то с чем-то
и что Достоевский был прав: «Умом Россию
не понять» — она, видимо, плохо училась
в Сорбонне и все перепутала. Наш товарищ, который хотел поиметь всю сборную
Украины, раз уж привезли, возмущался, что
девушка Князя отказывает ему по причине
помолвки. Хариков, как опытный переговор-
щик, сумевший договориться с Международ-
ным валютным фондом, взялся помочь ему в
этом суетливом деле.

В лесу было накурено

Он вошел в Интернет и связался с секс-маэстро Петром, хозяином этой твари, и высказал все, что он думает об услугах Петровых дел мастера. Петр прилетел на вертолете из Тулузы, где жил уединенно со своей семьей, вставил ей, и она как шелковая пришла на ужин и обнимала нашего друга, забыв о несостоявшейся свадьбе с «Криворожсталью».

Перед ужином девушкам раздали конверты на ленты и булавки, по ощущению, денег там было немало. Хариков услышал разговор двух из них после изучения конвертов. «Да, — сказала одна, — вот Вася из Киева давал больше в Харькове в бане, все эти — московские мудаки! Понтов много, а жадные». Вторая резонно заметила ей, что он — олигарх, у него на Крещатике имеется 10 ларьков. Ночь перед последним днем в «Карлтоне» была накалена. Князь летел уже на 650 тыс. у. е., и отбить он мог только до пяти утра. Тройка — Князь, артист, Хари-

Валерий Зеленогорский

ков — пулей промчалась по побережью и замерла у стола с рулеткой, где по предварительной договоренности он должен был играть один. Бой начался без разведки, и сразу Князь за пять минут отбил сотку. Крупье, противный галльский петух, мигнул, и хозяин казино вышел, взял и поздравил Князя с хорошим почином. Дилера заменили, пришел старый мудак с обожженным лицом, по легенде, ему в лицо плеснул кислоты араб из Кувейта, которого он обчистил на три лимона за вечер по безлимитным ставкам. Князь играл по тысяче в номер, ставил сплиты, каре, и если попадал, то поднимал сразу по 100—150 тыс., но ставил за один спин тоже много, иногда все поле было в прямоугольниках с цифрами 1000. Бой шел крепко, ноздря в ноздрю. К четырем утра минус составил 950 тыс. долларов США за три дня. Карты все блокировались, наличных не было, кредит казино не давало, и тогда Князь пошел на улицу в банкомат со своей

256

В лесу было накурено

безлимитной черной картой, снимая по 200 франков; за 40 минут он снял 30 штук и поднялся в казино, где на последних трех спинах поднял 1 250 000 долларов США, приведя в шок все казино. Князю отдали только сто тысяч и чек на остальное. Мы уехали на виллу, перенесли вылет на 12 часов дня и в девять стояли в банке, теребя чек, банк был какой-то левый, с вьетнамским персоналом. Когда им предъявили чек, они забегали, как кузнечики, которых они очень любят сушеными вместо чипсов. Кузнечики пошуршали и сказали, что чек левый и что такого казино они не знают. Князь рассвирепел, вызвал всех своих юристов и за пять часов переговоров вырвал еще 400 кусков, а остальные перевел на карту. Мошенники из казино думали, что он до вечера улетит, он не резидент Франции и т.д., но они не знали, что русских трогать не надо, русские не сдаются. Казаки уже были в Париже и придут еще, если их будут наебывать. Три дня прошли как сон, как дым, и только мусор шелестит на пляжах «Маджестик» и «Нога Хилтон», напоминая о тех, кого уже нет с нами, оставшихся в ревущих девяностых.

Почему я не хожу в театр

В семнадцать лет я в первый раз приехал в Москву и пошел в театр. Мне нравилось это дело, я читал разные пьесы и Чехова и Шекспира, а потом, в более зрелом возрасте, Мрожека, Ионеско, даже Беккета. Как литературу я это понимал, но выстроить в голове сцену с персонажами не мог. Ходил в театры я много, пережил взлет и падение «Таганки», помню до сих пор блистательные отрывки из постановок Анатолия Васильева и лучшие годы «Табакерки». Я даже под впечатлением Васильева ходил устраиваться к нему на работу, хотя бы администратором, он говорил со мной на ул. Воровского в подвале, спрашивал меня, где я работаю, и отговорил меня,

В лесу было накурено

за что ему спасибо. У него в театре я познакомился с молодым режиссером, который всю жизнь ставил одну пьесу — «Вишневый сад». Но нигде не показывал ее публике, считая, что процесс создания постановки уже результат, что это непрерывный процесс и вторжения зрителей в художественную канву ему не нужно, он творил для себя, был культовой фигурой в миру концептуалистов, выпивающих в ЦДРИ в ресторане «Кукушка» и в баре гастронома на Малой Бронной, где собирались капризные гении и девушки, не чуждые поебаться с представителями нового слова в отечественной культуре. Старое слово их уже не возбуждало, эти гении уже были признанными, их жены цепко держали старых мастеров за глотку и яйца. Так вот маэстро как-то пригласил меня к себе в студию, где он жил в Хлебном переулке на квартире старой суфлерши, которая подавала реплики самому Москвину и даже Михаилу Чехову.

Валерий Зеленогорский

Борис, так звали юного Питера Брука, был сыном известного чекиста, который дружил с Бабелем и Мандельштамом. Сам писал стихи, они его хвалили, а он их потом пытал из-за их с ним художественной несовместимости. Боря был кудлат, ходил в сапогах и солдатской шинели, был редко брит, ну, в общем, настоящий художник. Я пришел к нему рано, часов в десять, в комнате его уже сидела девушка из Новосибирска, которая приехала к нему на мастер-класс по проблемам режиссуры. Я разбудил его, он ходил в кальсонах по квартире, сморкался, почесывался, девушка сидела с блокнотом и ловила каждое его слово, но слов пока не было, только биомеханика, которую Боря развивал, дополнив творческий метод Мейерхольда, которого Боря ценил высоко, а папа-чекист отправил Мейерхольда туда, где уже были Бабель и Мандельштам. Боря папу не одобрял, ушел из дому по идейным соображениям, но деньги у него брал с отвращением. Он нигде не слу-

В лесу было накурено

жил, а быть альфонсом не мог, не позволяла гордость, и вообще он парил над схваткой, как гриф над кладбищем театральных репутаций, он не питался этой падалью, он пожирал ее для оздоровления и строил новое тело театра, в котором не должно быть зрителей. Девушка от напряжения захотела писать, но не смогла признаться своему Учителю. Она пыхтела, вся бордовая, но помочиться при боге было выше ее сил.

Я понимал ее, как никто. Сам много лет назад в туалете театра «Современник» я пукнул рядом с Эльдаром Рязановым, и потому, видимо, «Гараж» получился хуже «Иронии судьбы...». Замысел художника — тонкая штука. Боря, к счастью, вышел за папиросами к соседям, и девушка пулей вылетела в санузел. Ниагарский водопад показался жалкой струйкой против цунами девушки-театралки. Взволнованная девушка робко спросила Борю, когда же они начнут мастер-класс, он посмотрел на нее удивленно и

Валерий Зеленогорский

сказал, что вот уже два часа — это было время, проведенное ею в Бориной квартире, — и был, собственно, мастер-класс, только для посвященных, процесс его проживания в предлагаемых обстоятельствах, и если она этого не понимает, то она дура, и тогда ей надо перейти в Институт стали и сплавов и не рвать когтями тело театра, как печень Прометею. «Пошла вон!» — сказал ей Мастер, она пошла, а мы пошли пить пиво. Потом был штурм Театра на Таганке, я туда ходить боялся, но мне сказал один чудак, что надо пробовать и пробиваться. Все это было до отъезда Юрия Петровича, еще играл Высоцкий, лом там стоял невероятный. Билетами заправляла система, предприимчивые студенты держали очередь, выкупали билеты и торговали ими, обменивали их, ну, в общем, этот путь был тупиковый. Я пошел своей дорогой, служебный вход еще был со стороны переулка, новой сцены еще не было, и стоял как-то перед началом, придумывая способ

В лесу было накурено

пробиться. Подъехали оранжевые «Жигули» В. Смехова, ведущего артиста и еще ко всему пишущего прозу в журнале «Юность». Я эту повесть читал, он там описывал, в частности, что приятно помогать людям приезжим посмотреть спектакли и радоваться за них.

Я подошел и представился, что я, мол, из Витебска, якобы внучатый племянник М. Шагала, я знал, что они только что приехали из Франции и были у Шагала, ну, в общем, заехал правильно. Он посмотрел на меня, потом сказал, что его билеты он уже отдал, с администратором у него плохие отношения, помочь не может. Я повернулся, поблагодарил, но он остановил меня, стремительно вошел в служебный вход и позвонил в кассу. На фамилию «Шагал» мне дали два билета 4а и 4б — это были места Юрия Петровича Любимова. Я на улице подобрал самую яркую искательницу билета, взял ее под руку и пошел смотреть Высоцкого. После спектакля я пошел на служебный вход поблагодарить

Валерий Зеленогорский

Смехова, мне сказали, что он будет выходить через стройку новой сцены. Я побежал туда, там были огромные стеклянные двери во всю стену. Я с размаха наткнулся на стекло, раздался грохот, хруст, я отпрянул, сверху, как гильотина, рухнуло вниз все стекло, которое могло похоронить меня. Сразу прибежали люди, стали искать виновного, на меня никто не смотрел. И тут я заметил, что кусок стекла перебил мне кисть правой руки и два пальца висят как веревки. Кровь забила фонтаном, мне дали какую-то тряпку, я завязал рану и поехал в Склиф, мне сделали перевязку. На следующий день я приехал в театр днем, позвонил замдиректора, признался, что я совершил диверсию, он меня принял, посетовал на происшествие и предложил мне для начала заплатить за стекло 40 руб. по себестоимости, а взамен предложил из своей «брони» все билеты этой декады. Я взял десять пар и сразу закрыл половину репертуара «Таганки». Всего два подрубленных пальца —

В лесу было накурено

и столько счастья. Я думаю, что тогда люди за билеты на «Мастера и Маргариту» могли дать руку на отсечение. Позже мне сделали операцию на руке, и до сих пор у меня шрам, по форме напоминающий логотип «Таганки». Я так полюбил театр, что пожелал поступать в ГИТИС, где проучился двадцать дней и бросил. Обещали нам зачесть всякие там научные коммунизмы и прочие политэкономии. Я пришел на первую лекцию, вместо истории театра и экономики театрального процесса завели историю КПСС. Это уже было выше моих сил, и я не жалею. 20 дней обучения хватает мне до сих пор с излишком. Порвал я с театром раз и навсегда из-за нападения театромана-гомосексуалиста. Постоянно посещая шумные премьеры и прогоны, сдачи и гастрольные спектакли, я знал многих завсегдатаев из числа простых любителей. Особенно мне нравился один человек. Он был театральный маньяк, жил в области, где-то в поселке Правда, и каждый день после работы в НИИ, где он был классным экспертом по химии, смотрел в день по два спектакля, в выходные три, и каждую ночь ехал на электричке в свою Правду. Он знал все — что, где, когда идет, кто играет, как это выглядит в Киевском и Таллинском театрах и т.д. Но однажды в сквере на Таганской площади он предложил мне выпить коньяку и положил мне руку на колено. Все, с театром пришлось расстаться, и теперь, когда я подхожу к любому театру, у меня сразу возникает ощущение, что надо бежать, а то могут отыметь в жопу.

Театр умер.

Свободные выборы, или «Всем сосать! Бабки есть!»

Сегодня выборы отменяются в регионах для построения вертикали, я с этим согласен по личным мотивам. Много лет назад я с группой единомышленников проводил выборы

В лесу было накурено

губернатора в северном крае. Заказал выборы местный авторитетный предприниматель, который хотел поставить своего человека, против него был бывший секретарь обкома, зубр высокого ранга со связями в центре. Наш кандидат был демократ, но без харизмы, и надежда на его избрание была призрачна. Но местные решили побороться с коммунистами, для собственного материального благосостояния под демократическими лозунгами мы пошли с демократами с открытым сердцем и хорошей сметой.

Все уже было готово, самолеты ждали на взлете, группы поддержки стояли на старте. Артисты, техника, наш передовой отряд политтехнологов уже работал в регионе на нелегальном положении, власть давила, используя административный ресурс. За два дня до выборов нашего теневого лоббиста застрелили в собственном ресторане за ужином, как в «Крестном отце». В новостях все политические силы выразили соболезнования, убийство взяли под контроль в МВД, до сих пор оно на контроле, никого не нашли. В стане демократов началось замешательство, отменять уже было нельзя, решили идти до конца. Экстренно собрался избирательный штаб, который решил, что до конца должен пойти я, а остальные, напуганные выстрелами, решили посмотреть выборную схватку по телевизору. Я должен был вылететь в регион и провести заключительные боевые действия с электоратом.

Делать было нечего, собрался я быстро, дали сумку с деньгами в зубы и пожелали успехов. Для собственного успокоения я одолжил у товарища охранника, добрейшего малого, лицензированного бывшего офицера с разрешением на оружие, и мы поехали на Север с надеждой вернуться оттуда хотя бы живыми. Прилетев в город, провели ряд совещаний с местными активистами, стало ясно, что помогать нам никто не собирается, кандидат забился дома и выходить на бой

В лесу было накурено

с открытым забралом не хотел, наняли ему охрану и сказали сидеть и не высовываться. В соседний город, где была первая акция в поддержку нашего кандидата, мы приехали рано утром и пошли к мэру. Долго ждали в приемной, он появился к обеду, был выходной день, он приехал вместе с начальником УВД и региональным руководителем ФСБ.

Мэр был предпенсионного возраста хозяйственник, уставший от политической борьбы и собиравшийся на пенсию. Он уже подыскал себе место директора пансионата градообразующего предприятия и ничего уже не хотел. Начальник УВД, наоборот, хотел всего и жаждал моей крови, изъяв мой паспорт, он пошел сделать запрос в базу МВД: я ли тот, за кого себя выдаю; подозрения о причастности моем к ЦРУ и МОССАДу сомнений у него не вызывали, смотрел он на меня ласково, я понимал, что друзей у меня здесь не много, три ветви власти хотели задушить меня в своих объятиях. Коррумпированная мною сотруд-

269

Валерий Зеленогорский

ница мэрии сразу уехала домой, сказав, что у нее двое детей и больная мама, простите меня, вы уедете, а мне здесь жить.

Жить рядом с ней в этом городе я не хотел и стал действовать; силовые руководители вышли в приемную для совещания, в каком изоляторе мне будет лучше, мой ангел-хранитель, сжимая одной рукой сумку с деньгами, а в другой пистолет, был безмятежен, он брал дворец Амина в Кабуле, и мэрия этого города была для него семечки — он мог захватить почту, телеграф и вокзал и ждал приказа. Обещанные мною семьсот долларов за это грели его душу, он хотел купить подержанную «Ниву» и ездить на ней к себе в Щелково как король. Я мягко намекнул мэру, что место в пансионате может и не случиться, так как хозяева пансионата были нашими сторонниками; он медлил и был непреклонен. Тогда я сделал последний заход и сообщил, что с нами приехала большая группа НТВ и вся страна вечером увидит, как он проти-

270

В лесу было накурено

водействует демократическим выборам, на фоне картинки с похорон нашего заказчика. Это, как ни странно, подействовало, он куда-то позвонил, предварительно попросив меня выйти в приемную. В приемной стояли два полковника, я почувствовал, что настроение у них стало другим, видимо, в высших сферах кто-то услышал мою мольбу и решил охранить меня от их жадных объятий. Мы все вернулись в кабинет, мне отдали паспорт, сказали, что все под мою ответственность, акцию проводить собственными силами. Полковник ФСБ спросил, давно ли я был в Израиле, а начальник УВД предложил физическую защиту митинга по расценкам спорткомплекса «Олимпийский», сумма получилась неплохая, товарищ оказался подкованным, я решил не торговаться. Полковник ФСБ попросил три билета для жены и детей, мэр молчал и ждал только минуты, чтобы уехать домой на обед с сыном и зятем. Тучи разверзлись, в очередной раз демократия частично победила

Валерий Зеленогорский

в отдельно взятом регионе. Мигом возникла моя коррумпированная подруга, и мы стали объезжать избирательные участки и приглашать избирателей на акцию — сделать свой выбор. Стали подъезжать трейлеры с оборудованием, все быстро построили, поставили декорацию в цветах российского флага с причудливой комбинацией двух гербов, российского и местного, вышло удивительно. Смесь негра с мотоциклом. Двуглавый орел на голове медведя, рубящего сосну бензопилой «Дружба», — это был лесоповальный регион. Кто-то сказал: «Россия Сибирью прирастать будет», очень дальновидное заявление, так и было потом. Через Сибирь прошло столько граждан России, и, думаю, это не последний раз. Стали подъезжать на арендованных черных «Волгах» звезды эстрады, требовать водки и коньяку и петь под магнитофон свои бессмертные песни за немалые деньги. Электорат был счастлив, со времен Беломорканала артисты приезжали к ним только в

В лесу было накурено

зоны, где валили лес безмолвно. Подъехал начальник милиции на новеньком «Форде», единственном в районе, и позвал меня проехать кое-куда для беседы, а я думал, что все уже позади. Вяло посопротивлявшись, что не могу бросить объект, я поехал с ним, попрощавшись со свободой.

Ехали долго, по темным улицам, полковник молчал, напряжение росло, я запоминал дорогу по невидимым приметам и жалел, что у меня не было с собой камешков, которыми я бы мог пометить дорогу домой. Приехали в темный двор, полковник постучал коротко, открыл восточный человек, угодливо изгибаясь, это была задняя комната какой-то чайханы. Хозяин захлопал в ладони, появилась его семья, испуганные жена и дети понесли на стол весь ассортимент, сожалея, что хозяину не позвонили, он бы зажарил быка и теленка, а так что есть. Стол был накрыт в одну минуту, там было все. Если бы полковник пожелал, чтобы зажарили младшую дочку, это было

Валерий Зеленогорский

бы исполнено неукоснительно. Слава богу, полковник был христианин и жертвоприношений не потребовал. Дверь закрылась, и мы остались одни, я понял, что имею перерыв до электрического стула. Пить и есть не хотелось совсем. Полковник начал издалека, обрисовал обстановку в городе: организованная преступность задушена в корне, уличная составляющая имеет недостатки, но развязка близка. Есть проблемы на рынке и квартирные кражи, но показатели неплохие. Вся «крыша» его, все в кулаке, вертикаль в его руках. «Я проверил тебя, все нормально, сделай мне выборы на мэра, сколько надо денег, чтоб было как сегодня». Я ответил, он крякнул, но сказал жестко и спокойно: «Ничего, хачики соберут». Потом выпили, его потянуло на лирику, стал рассказывать, что бывает в Москве, живет как король: «Всем сосать! Бабки есть!» Живет в Москве всегда в «Украине», телок берет сразу шесть. Я для уточнения спросил, зачем шесть, он ответил

В лесу было накурено

с улыбкой: «Пусть будет». Принесли виноград, арбуз, дыню. Он ущипнул девочку, дочь хозяина, она вздрогнула, но улыбнулась. Покончив с трапезой, он отвез меня на площадку, где уже шел финал. Пели песню «Замыкая круг» с фейерверком. Полковник признался, что любит Никольского и «Машину» и сам в прошлом рокер, играл на барабанах в школе в группе «Двери». Акция закончилась на подъеме, мы простились с этим городом и поехали в центр края, где должна была состояться суперграндиозная акция в битве за избирателя. Мои соратники звонили мне, я докладывал, они уже летели на финал с охраной, вооруженной до зубов, собирать висты. Я ехал в центр пьяный и опустошенный со своим верным Санчо Пансой из группы «Альфа» и коррумпированной подругой из мэрии, напросившейся на поездку в центр за новыми приключениями. Она была счастлива, что все обошлось, место сохранила, денег нажила, мужчина рядом с деньгами и пистолетом.

Валерий Зеленогорский

Для выпускницы библиотечного института это было очень заманчиво. Мы пили с ней водку из горла на заднем сиденье, и я щипал ее за мохнатые соски больно и с остервенением. Она не жаловалась и только просила не трогать ниже, стыдно, люди кругом. Приехали во Дворец спорта, там все уже катилось к концу. Мои соратники сидели в VIP-зале и наблюдали за ходом подсчета голосов. Меня встретили без помпы, никто меня не славил. Я был пьян и ждал отлета. Наш кандидат проиграл с треском, новый губернатор пришел на наш праздник, сфотографировался на фоне финального фейерверка и тем самым за деньги противника получил себе любовь своего народа. Вот такой праздник устроил он своему народу, мудрый человек, до сих пор работает. Мои соратники сразу с ним подружились и стали под его знамена.

Начальник УВД скоро сел в изолятор ФСБ к своему другу как оборотень. Я лишился заказа на его выборы, подруга из мэрии звонит иногда, говорит, что любит, и вспоминает те дни как лучшие в своей невеселой жизни. Мой товарищ-охранник купил себе «Ниву», сделал из нее «Гранд Чероки» своими руками и тоже счастлив. Я получил бонус за переживания, деньги давно истрачены, и только память о тех днях подтверждает мудрость сегодняшнего руководства, что выбирать власть в регионах накладно и опасно.

Слова «Всем сосать! Бабки есть!» ушли в историю, которая пишется каждый день.

Москва — Третий Рим

Рекламное дело в России начиналось безобидно. Бюджеты было копеечные, люди, которые этим занимались, пришли в рекламу из разных мест — дело было новое! Я наблюдал становление таких монстров, как «Премьер СВ», «Видео интернэшнл». В начале пути они еще не были такими большими, рядом с ними были агентства «Рим» и «Граттис» —

Валерий Зеленогорский

лидеры тех лет. Агентство «Рим», вышедшее из коммунальной квартиры, а сегодня располагающееся в пентхаусе на Спиридоновке, было моим партнером и другом. Много славных дел производили мы: красили дом на Арбате в цвет российского флага, строили дом в Лужниках, поддерживали финансовые пирамиды и другие акции по отъему денег у населения, потихоньку все становилось цивилизованным. Агентств было много, сегментов — мало, поэтому борьба была серьезная. Креативом брать было трудно: был плагиат мировых брендов и перевод этого для русских клиентов.

Помню, как агентство «Рим» проводило рекламную кампанию для молочных продуктов с маркой «Иван Поддубный». Все сделали, передали клиенту, оттуда позвонили с ответом, что все подходит, но хотелось бы, чтобы подъехал сам Иван Поддубный. Он не смог по причине отсутствия на этом свете — клиент обиделся и денег не заплатил. Позже

В лесу было накурено

агентство «Рим» организовывало юношеские игры, руководил ими наш товарищ. В один из дней его секретарь доложила ему на пейджер следующий мессач: «Александр Македонский из Рима думает об Олимпиаде». Руководитель понял, что она сошла с ума, и вызвал в офис карету «Скорой психиатрической помощи». Оказалось, что в агентство «Рим» пришел новый менеджер по имени Александр и с фамилией Македонский и ей было поручено сообщить шефу, что он будет вести менеджерскую деятельность детско-юношеской Олимпиады. Девушка после этого уволилась, перешла работать в Госдуму во фракцию КПРФ для разъяснения позиций и отвращения к частной собственности.

Была еще чудная фирма, рекламной кампанией которой пришлось заниматься. В одно время на улицах Москвы и в телевизоре появилось изображение мужика с окладистой бородой в головном уборе казака, с лицом, смахивающим на Стеньку Разина. Их

Валерий Зеленогорский

слоган был сногсшибательным: «500 лет на финансовом рынке России» — было это в 1993 году. Нехитрое вычисление позволяло сделать вывод, что речь идет о 1493 годе, и отец-основатель компании с фамилией Разин (основатель банкирского дома) жил во времена Ивана III (1440—1505). Банкирский дом, таким образом, был основан после Куликовской битвы, и наследник его Степан Степанович Разин имел офис под лестницей Марьинского универмага, смотрел с бумаг и плакатов с прищуром. Выглядел он элегантно, сморкался только пальцами — платка не признавал, носил серьгу. Деньги под лестницу текли рекой. На фоне первых банков с историей в один год его банкирский дом имел устойчивую репутацию. Ездил наш клиент на «шестисотом», раскрашенном по бокам под струг времен предка, а на капоте была изображена княжна, похожая на Ларису Удовиченко. Жил глава банка со своей ватагой в гостинице Даниловского подворья, занимая

В лесу было накурено

целый этаж: две комнаты были забиты коробками от телевизоров, набитыми деньгами вкладчиков, до потолка, в остальных комнатах жил он с охраной и девушками всех мастей и оттенков — любил он водку и девок! В гостинице этой нельзя было ни пить, ни курить, но ему разрешила патриархия, как добросовестному спонсору. Когда деньги стали вытеснять людей из номеров, Разин решил закрыть банкирский дом и переориентировать свой бизнес на Силиконовую долину. Инвесторы аплодировали, и он заказал пышную финальную презентацию-феерию на родине предка под Новохоперском. Местом действия была река Хопер, где и развернулось праздничное действо. Сценарий был элегантен и изящен. Построили двадцать лодок-стругов на моторной тяге с тентами от дождя. Гости, обряженные в костюмы времен Стеньки Разина, выглядели живописно. Замминистра МВД, как почетный гость, изображал Стеньку Разина, остальные, помельче, — других бандитов,

Валерий Зеленогорский

местные девушки в восточных одеждах играли роль княжон. На берегу стоял Кубанский хор и не переставая напевал одну песню — «Из-за острова на стрежень». Подплыли к основной площадке, грянули залпы пушек и фейерверков, и все люди сбросили за борт своих княжон, а потом выловили их баграми и употребили по назначению. Сценарий удался, режиссер облдрамы, поставивший это шоу, получил премию за вклад в воспитание молодежи. Выйдя на берег, основатель банкирского дома огладил бороду и сказал: «Новый рекламный слоган будущей кампании гласит: «Ну вот мы и в Хопре!»

Но это уже другая история.

Содержание

Кое-что в защиту лузеров 5

Эпизод I
СЕКС В НЕБОЛЬШОМ ГОРОДЕ

Хор мальчиков 20

You are in the army now 23

Ковчег 30

Девушка, которая... 35

Микромагия, или Ебем, гадаем, ворожим, поем
в любой тональности... 44

Поэт в России больше, чем... 48

Путешествие по горящей путевке 57

Увидеть Париж и... 62

Кони привередливые 65

Фиктивный брак 76

Теория в практике. 87

Между нами Иордан... 91

Валерий Зеленогорский

Брэнда Рассел и Паскаль Лавуазье,
    или Путешествие в Амстердам   94
Бар, вишенка, или В шаге от джекпота 102
Дельфины шоу-бизнеса 117
Ужин с дураком 127

ЭПИЗОД II
SMS-ЛЮБОВЬ

Демонстрация 139
«Коварство и любовь» 148
Вербовка с дальним прицелом 155
В августе 91-го... 167
Приговор, или Праздник души и тела 174
Люди в окошке 183
Заполярная ночь 190
Презентация как форма существования 201
В плену Афродиты 204
Кремлевские страсти 215
Пять звезд, или Ночь в лучшей гостинице
    России 223
В поиске своего лица 228
Кот-д'Азур, ля мур, тужур. 240
Почему я не хожу в театр 258
Свободные выборы, или «Всем сосать!
    Бабки есть!» 266
Москва — Третий Рим 277

Литературно-художественное издание

Валерий Зеленогорский

В ЛЕСУ БЫЛО НАКУРЕНО

Ответственный редактор *О. Аминова*
Ведущий редактор *Ю. Качалкина*
Выпускающий редактор *А. Дадаева*
Художественный редактор *С. Груздев*
Технический редактор *Г. Романова*
Компьютерная верстка *Г. Ражикова*
Корректор *Н. Овсяникова*

ООО «Издательство «Эксмо»
127299, Москва, ул. Клары Цеткин, д. 18/5. Тел. 411-68-86, 956-39-21.
Home page: **www.eksmo.ru** E-mail: **info@eksmo.ru**

Подписано в печать 02.07.2012.
Формат 70×90 $^1/_{32}$. Гарнитура «OfficinaSans».
Печать офсетная. Усл. печ. л. 10,5.
Тираж 6000 экз. Заказ № 4975

Отпечатано с готовых файлов заказчика
в ОАО «Первая Образцовая типография»,
филиал **«УЛЬЯНОВСКИЙ ДОМ ПЕЧАТИ»**
432980, г. Ульяновск, ул. Гончарова, 14

ISBN 978-5-699-57969-3

Оптовая торговля книгами «Эксмо»:
ООО «ТД «Эксмо». 142702, Московская обл., Ленинский р-н, г. Видное,
Белокаменное ш., д. 1, многоканальный тел. 411-50-74.
E-mail: **reception@eksmo-sale.ru**

**По вопросам приобретения книг «Эксмо»
зарубежными оптовыми покупателями**
обращаться в отдел зарубежных продаж ТД «Эксмо»
E-mail: **International@eksmo-sale.ru**

International Sales: International wholesale customers should contact
Foreign Sales Department of Trading House «Eksmo» for their orders.
international@eksmo-sale.ru

**По вопросам заказа книг корпоративным клиентам,
в том числе в специальном оформлении,**
обращаться по тел. 411-68-59, доб. 2299, 2205, 2239, 1251.
E-mail: **vipzakaz@eksmo.ru**

**Оптовая торговля бумажно-беловыми
и канцелярскими товарами для школы и офиса «Канц-Эксмо»:**
Компания «Канц-Эксмо»: 142700, Московская обл., Ленинский р-н,
г. Видное-2, Белокаменное ш., д. 1, а/я 5.
Тел./факс +7 (495) 745-28-87 (многоканальный).
e-mail: **kanc@eksmo-sale.ru**, сайт: **www.kanc-eksmo.ru**

Полный ассортимент книг издательства «Эксмо» для оптовых покупателей:
В Санкт-Петербурге: ООО СЗКО, пр-т Обуховской Обороны, д. 84Е.
Тел. (812) 365-46-03/04.
В Нижнем Новгороде: ООО ТД «Эксмо НН», ул. Маршала Воронова, д. 3.
Тел. (8312) 72-36-70.
В Казани: Филиал ООО «РДЦ-Самара», ул. Фрезерная, д. 5.
Тел. (843) 570-40-45/46.
В Самаре: ООО «РДЦ-Самара», пр-т Кирова, д. 75/1, литера «Е».
Тел. (846) 269-66-70.
В Ростове-на-Дону: ООО «РДЦ-Ростов», пр. Стачки, д. 243А.
Тел. (863) 220-19-34.
В Екатеринбурге: ООО «РДЦ-Екатеринбург», ул. Прибалтийская, д. 24а.
Тел. +7 (343) 272-72-01/02/03/04/05/06/07/08.
В Новосибирске: ООО «РДЦ-Новосибирск», Комбинатский пер., д. 3.
Тел. +7 (383) 289-91-42. E-mail: **eksmo-nsk@yandex.ru**
В Киеве: ООО «РДЦ Эксмо-Украина», Московский пр-т, д. 6.
Тел./факс: (044) 498-15-70/71.
В Донецке: ул. Артема, д. 160. Тел. +38 (062) 381-81-05.
В Харькове: ул. Гвардейцев Железнодорожников, д. 8.
Тел. +38 (057) 724-11-56.
Во Львове: ул. Бузкова, д. 2. Тел. +38 (032) 245-01-71.
Интернет-магазин: www.knigka.ua. Тел. +38 (044) 228-78-24.
В Казахстане: ТОО «РДЦ-Алматы», ул. Домбровского, д. 3а.
Тел./факс (727) 251-59-90/91. RDC-Almaty@eksmo.kz

**Полный ассортимент продукции издательства «Эксмо»
можно приобрести в магазинах «Новый книжный» и «Читай-город».**
Телефон единой справочной 8 (800) 444-8-444.
Звонок по России бесплатный.

В Санкт-Петербурге в сети магазинов «Буквоед»:
«Парк культуры и чтения», Невский пр-т, д. 46. Тел. (812) 601-0-601
www.bookvoed.ru

• СЕРИЯ • ИНТЕРЕСНЫЙ ДЕТЕКТИВ •

позволит леди и джентльменам
почувствовать причастность к разгадке ряда таинственных
и весьма занимательных случаев

www.eksmo.ru

*Мастера интриги Антон Чиж,
Ирина Глебова, Николай Свечин
в самой захватывающей и многообещающей серии
русских ретро-детективов 2012 года!*

2012-003

Это особый стиль

Иногда литература становится музыкой слова, живописью молодежных конфликтов и снова музыкой – свежего ветра и новых идей. И музыка эта – не замшелая классика, а взрывной и озорной бит молодости, который роднит поколения и заставляет дышать полной грудью.

Это проза Василия Аксенова. Дерзкая, непримиримая, яркая.

Почувствуйте новый сладостный стиль – читайте авторскую серию «Стиляги»!

Такого Василия Аксенова вы еще не знаете!

www.eksmo.ru

2012-029